オデッサの花嫁

LA NOVIA DE ODESSA

Edgardo Cozarinsky

エドガルド・コサリンスキイ

飯島みどり=訳

インスクリプト

INSCRIPT Inc.

La novia de Odessa

First published as *La novia de Odessa* by Emecé Editores S.A., Buenos Aires, 2001

目次

アルベルト・タビアに

オデッサの花嫁

オデッサの花嫁

La novia de Odessa

一八九〇年春のある午下がり、ひとりの若者が、プリモルスキイ大通り《ブリヴァール》の高台からオデッサ港に出入りする船舶の動きを見守っていた。

晴れの衣装を着込んだその風情は、道行く人々の大半が見せる普段着の開けっ広げな様子とも、よそ者が振りまく異国情緒とも、きれいに対照をなしていた。というのもこの若者、これから一大冒険に乗り出すべく身なりを整えていたのである——艶出しをかけた靴は母からの餞別、当人の寸法にあつらえた上下は仕立屋を職とするおじが滑り込みで出立前日に縫い上げてくれたもの、そして仕上げの帽子、それは二十二年前、彼の父親が己れの婚礼の日に初めてかぶり、以来ほんの五、六度しか出番のなかったものだった。

その時点では、彼がまこと一大冒険に乗り出すのはまだ三日先のことだったが、キエフとオデッサを隔てる四百ヴェルスタにせよ、初めて目にする港なるものにせよ、同じく初めての黒海（黒海はいずれ地中海に注ぎ、地中海は大西洋に注ぎ込む）の眺めにせよ、彼をして新たな人間へと作り替える洋行の、もはや立派な一部と化していた。

　にもかかわらず、大都とその港のありとあらゆる様相を食い入るように見つめる高揚感は、哀しみの薄衣《うすぎぬ》にくるまれていた。感情教育にとんと縁のなかった彼を不意に襲った初めての愛の挫折は彼の思考を苛み、人生始まって以来という大胆な計画をいざ実行に移す段を迎えながら、心ゆくまでこの秋《とき》を味わう余裕など与えてくれないのだった。消すに消せない胸の痛みを遠ざけようと、彼は行き交う人々のありったけに視線を投げ続けた。誰もが何かしら彼の目を引く取柄をぶら下げていた――小ざっぱりとメイド服に身を整えた子守り女が気のない様子で押してゆく幌付き乳母車からはレースの縁飾りをいやというほど配した無愛想な赤ん坊の顔が覗き、こちらの視界には入らない時計の金鎖で太鼓腹に箔をつけた男二人は、欧州各地の市場では小麦やヒマワリが幾らしているかを云々しつつ、おっとりとそぞろ歩く。彼がその肌の色の主を初めて目撃する黒人の水夫は、彼同様、己れを取り巻くものみなすべてが珍しく、しげしげ見やっている。また別の水夫は、水夫というより水夫に扮した俳優然と耳に金色の輪を光らせ、肩に乗せる鸚鵡を売ろうと甲斐なく試みていた。

ほんの二、三メートル下、ポチョムキンの階段を彩る薔薇色の御影石の上に、彼はひとりの娘を見出した。風景にすっかり魅入られてはいるが、その眼差しは彼のそれに劣らぬ哀しみを湛えていた。階段の途中に腰を下ろしている彼女の脇には大きな丸い箱が二つ、片方の上にもう片方が重ねられ、鎮座している。それぞれの箱は青サテンの帯を締め、ほんの縄一本でひとつに結わえてあった。箱には「マダム・イヴォンヌの店　パリ－ウィーン－オデッサ」とラテン文字の印刷が読める。

一陣のそよ風はあたりの空気を一新し、遠く海上には東から西へ、ドラゴンやら大天使やらの姿をした気まぐれな雲たちが、幸せな逢瀬を誘《いざな》うかのように泳いでゆく。若者の名をダニエル・アイセンソンとしておこう。彼は見知らぬ女性に向けるべき言葉も言い回しも持ち合わせていなかった。娘に近づくとその傍にたたずみ、黙ったままほほえみかけた。娘の方は、彼の存在に気づかぬ振りを続けるのも気まずくなるに至って彼にきっとした目を向けるが、その眼差しはたちまち和んだ――彼の裡には邪気の無さを訴える何か、言い寄る男たちにつきものの品のなさや甘ったるさには見られないものがあったのだ。大都会にあってそのことは多とすべきである、そう彼女は体得していた。

二人のやりとりの口火を切った言葉は何か、どちらがまず口にしたのか、それを知る術《すべ》は我々になく、これからもないだろう、だが若者の気後れに先んじたのが彼女であってもおかしくはない。ダニエルは小村《シュテットル》の生まれ、五歳のとき両親がキエフという聖都中の聖都の郊外に落ち着いたのだが、キエフの街で彼の知るところといえばいわゆるベッサラビア市場、さらにその市場のなかでは一家の開いた飾り紐屋くらいのものだった。十代になると、聖ソフィヤ大聖堂の黄金と渦巻き装飾、光を浴びて輝く聖アンドレイ参事会教会の五連ドーム、そしていよいよ空高く、ペチュルスキイ大修道院の鐘楼など、一度ならず歩を止めては感嘆したことがあった。

その壮麗さを彼はシナゴーグの質素なさまと比べずにはいられなかった。さしたる熱意もなく通う両親に、それでも同行を課されたシナゴーグ。そして両者を比べると彼は後ろめたさを覚えるのだった。神の不正義が——と彼は感じていた——自分から、きらびやかな上に庇護者と頼れる宗教を取り上げてしまい、代わりに別の、締まり屋にして情容赦のない宗教へと突き落としていた。しかもその宗教が自然と引き連れてくるおまけは、ポグロムという潜在する危険に常時晒されることらしい——彼の祖父は、命乞いをしようと頭目《ヘトマン》に近寄るや一刀のもとコサックたちに両脚を落とされ、おじたちのほとんどは自分の家が燃え立つのを見る羽目になっていたが、そうした家々を示すとんがり六つの星は、聖なる象徴でありながら、彼らを守るどころか虐殺さるべき標的はここにありと指差してくれるのだった。

彼女の名、それもまた我々には永久にわからず終いだが、その彼女は彼と違いオデッサの娘、つまりギリシア人、アルメニア人、トルコ人、ユダヤ人などがロシア人と同様あたりまえの存在である街に生まれた。話すのはウクライナ語ではなく、訥々としたロシア語にイディッシュの単語を幾らか灯すのだった——彼女自身はユダヤ人ではなかったが、ユダヤ人に囲まれて生き、働いた。いや、ユダヤ人の女たちに囲まれて、と言うべきか——泣く子も黙るマダム・イヴォンヌこと本名ルビ・ギンズブルク、およびその号令一下、デリバソフスカヤ通りの工房で帽子作りに勤しむ助手の女性三人に囲まれて。四人は四人ともモルダヴァンカ出身だったが、もう何年も前のこと、断固たる努力を傾け、通りの数で言えば工房から十本と離れていないその地区から一定の距離を置く振りを決め込んでいた。客も出入り卸商もいなければイディッシュがはじけ、マダム・イヴォンヌが使用人相手に小言や罵声を飛ばす手段とすることもあれば、帽子を一ダースもためつすがめつした挙句ひとつも買わずに出てゆく御婦人たちを使用人たちがこき下ろすのに使うのもこれだった。

その工房にあって件《くだん》の娘はシクセだった。シクセとは、下女を意味すると同時にゴイ、つまりユダヤ人ならざる女性を指す残酷な呼称である。工房の掃除から茶の支度、客の買い上げた帽子の配達、言いつけられたあれこれや取るに足らぬ用事までがシクセの役目となっていた。その見返りに彼女が得るのは、台所にあてがわれた寝床、つましい食事、客の女性宅の勝手口でたまにもらい受ける心付け程度であった。

＊＊＊

あくる日の暮れどきは、シェフチェンコ公園のアカシア並木の下、ベンチに腰かけている二人を見つけ出す。都会の喧騒は押し殺した声となって彼らの耳に届くだけで、彼方に見え隠れする海と船たちこそは、二人が各々自分なりに合点する、輪郭のはっきりしない未来《プロメサ》だった。

彼女は彼に打ち明ける、自分には身寄りのないこと、マダム・イヴォンヌがそこからそっくりお手本を引き写してくるフランス雑誌に丹念に目を通せば、人生などパリでもウィーンでもオデッサでも同じこと、要は金がなければ下女として生きるがやっと、そして世界は持てる者と持たざる者とに分かれていることをも学び了えてしまったと。彼は彼女に説いて聞かせる、なるほど欧州ではそうかもしれない、だが大海原の向こうにはひたすら可能性に満ちた土地が控え、自分のようなユダヤ人でも土地のひと切れを所有するに至る若い国があるのだと。取るものも取りあえず、ヒルシュ男爵のこと、入植のこと、サンタ・フェやエントレ・リオスのことを彼女に語った。彼女が初めて耳にするそれらは、今まで成り立つと思ってさえみなかったことがらだった――ユダヤ人でも土地を耕したいと思ってよいのだとか、彼女が工房のユダヤ女性たちにびくつくのと同様ユダヤ教徒もキリスト教徒に恐れをなすことがあり得るとか、はたまたプリヴァクザリナヤ広場あたりの安宿に一晩付き合ってくれたらこんないいものをあげるよといった類以外の話題を自分に振り向けてくれる男がいるのだとか。

二度目のこの逢瀬でだったのだろうか、彼が彼女に哀しみの拠って来《きた》る由来を、新しい人生指して大西洋を渡ろうという前夜に彼を従えてやまない、一見説明のつかない哀しみのそのわけを明かしたのは？　その動機《わけ》には名前があった――リフカ・ブロンフマンなる名前が。

双方の家族が二人を引き合わせたのは二人が十四歳になったときのこと。もっとも顔を見知る前から既に許婚《いいなづけ》同士と決められ、彼がキエフを後にする五日前、二人は結婚させられた。式までに彼らが二人でいるところを見かけられたのはせいぜい十回、しかも常に隣室から、あるいは家と通りに挟まれたせせこましい庭に面する窓から、親兄弟の目が光るのだった。

一年ほど前からダニエルは出てゆく《エミグラル》という考えを思いめぐらし始めた。「アルゼンチンをユダヤ人入植の地に」代表団がキエフに立ち寄り、「イスラエルの民互助協会」において夕刻の集会を催していた。席上、弁の立つ一講師が幻燈機とガラス板一ダースほどの助けを借り、アルゼンチンで彼らを待つ、肥沃な、そしてどこまでも尽きることなき野の広がりを見せつけていた。一枚の地図上に、そうした土地の所在と、そこから大都市《メトロポリ》までの距離をも示していた――ブエノス・アイレスにロサリオ、その姿を彼らの目の前に露わにさせたのは、何枚か別のスライドだった。また弁士が片手にうち振る薄手の冊子には空色と白の装幀が施され、表紙には――(スペイン語で、ということはつまりラテン文字を用いて)「アルゼンチン共和国憲法」と印字してあった。そしてその冊子から彼らに読んで聞かせたのだ、端からたちどころにイディッシュへと置き換えつつ、法の下の平等を謳う条文や、その「平和統べる大地」を耕作せんとする者たちには信教の自由を認めるとする条文を。

それらの言葉をダニエルはリフカに繰り返し、それらの写像を彼は彼女にこと細かく描き直してやっていた。許嫁は彼ほどの熱意を共有してはいなかった。妻たる者の居場所はすべからく夫の隣であるとの戒律を尊重し、彼に続くことは同意したが、その新世界は彼女に夢を見せてはくれないのだった。彼が然かるべき書類に必要事項をすべて書き込むまでは特段の異議を唱えなかったものの、アルゼンチン領事館から承認印を受けたそれが戻され、そこに自分の名、生年月日、髪および目の色、といった項目を読みとると急に激しくしゃくり上げ、泣きくたびれてもう止むはずの頃になるとそのたび嗚咽はぶり返すのだった。双方の家族とも、これは式が間近に迫るなか、いちどきにあれこれが押し寄せ本人の気持ちが昂ぶっているせいだろうと考えた。医学をかじったと称するあるいとこは、それは近ごろ流行の疾患、いわゆる神経衰弱《ネウラステニア》の症状だと明言しもした。何とはなしその診立てに押されるまま、剃り上げたばかりの頭骨を儀式用のかつらに包み、リフカは気丈にシナゴーグでの婚礼に立ち向かった。

その夜ダニエルは己れの経験のなさを、彼女は恐れを、それぞれ克服すべき瀬に立った。血に染まりつつ、彼は愉悦を、彼女は苦痛を知った。翌朝、血の染みのついた敷布の間に彼はひとり目を覚ました。遠くから、叫びと泣き声と恨みごとと不平とが彼の耳に達していた。彼は姑に抱えられたリフカの姿を見つけるが、彼女は母親の慰めを取り合おうともしなかった。若妻の声に蓋をしようと大奥様《セニョーラ》がしきりに「いっときのことだよ、すぐによくなるよ」と繰り返しても、娘は母に負けず劣らず繰り返し、しかも繰り返すごといっそう大きな声であたりにこう響かせるのだった――「行かないったら行かないったら行かない。」ややあって幾分か落ち着きを取り戻すころ、リフカはそこここの言葉をつなぎ合わせ、意味のある連なりにして言ってみせた。

――恐いわ、とっても恐いの。ここでなら知ってる人ばかり。うちの家族がいるし、あなたの家族もいるし、女友達だって何人も、シナゴーグがあって、市場があって、何もかもあたしの知ってる世界だわ。あっちへ行ってしまったらあたしたちを待ち受けているのはいったい何？　毒蛇？　インディオ？　人食い植物？

もう彼女には彼女を守ってくれる良人《おっと》なる存在がいる、そうダニエルは説こうとするが、リフカはいかなる論法も浸み入る隙のない石のようであった。涙が乾くまでになると、レモンより砂糖のたっぷり入ったお茶を一杯飲む気になり、それとともに母親の、楽観のかけらもない、ほとんど困り果てた挙句にひねり出したというだけの「こうしたら」を受け入れた――彼女は一年後、いや六ヵ月で済むかもしれない、ともかく、エミリオ・サルガリの小説に出て来るような、彼女を震え上がらせた危険の数々が、実際に降りかかることなどあるはずはない、そう夫が手紙で知らせてくれてから旅立つことにすれば？

続く幾晩か、出立の日までダニエルが妻に触れることはなかった。リフカは気分が保《も》ち直したのか、彼をなじったりはしなかった。

＊＊＊

娘は彼の話を黙って聞いてきた。二人は公園から、最初の逢瀬の場へと、ゆるゆると歩んできていた。黄昏の薔薇色に染まった空は刻々と深みを増す蒼色《あお》へ、徐々にその場を明け渡しつつある。とびとびに千切れ、行きつ戻りつする語り、ここまでの幾段落かが要約を試みたその語りを彼が了えてみると、あたりはもうすっかり夜である。

フランス語やイタリア語の名を冠したカフェやケーキ屋の前をやり過ごし、というのもおよそ彼らの立ち入るべき場所ではないからだが、それからレースのカーテンがかかったガラス窓越しに、端切れで作った花々、剝製にされ継ぎを当てられた小鳥、帽子から下がる絹の帯が彼女の目に止まる。一からでき上がりに至るまで彼女が作業を逐一見届けたその帽子はいま、視えない頭部の上に座している。二人はフランス人公爵の像のところまでやって来るが、そのお偉方の名も彼らには何も意味しない。ロンドンスカヤ・ホテルの窓という窓が煌めき、彼女の姿を青白く、絶え間なく浮かび上がらせる。彼方、港に錨を下ろした船もまた、暗くさんざめく水面に何がしか光の反映を許している。

彼女が口を開くのは、ここまでじっと耳を傾けてきた身の上語りに感想を述べるためではない。

――いつ乗船なの？

――明日。出航は夕方六時だけれど三等の客は正午までに乗り込んでいなきゃいけない。

彼女は彼を見やり、続く言葉を待つが、それはやって来ない。一瞬の沈黙をおいて、さらに問う。

――それで、ひとりで発つつもりなの？

彼は彼女を見やり、その言葉の意味するところを理解しながらも、理解したところを信ずるまでには踏み出せない。

――ひとりさ……他にどうしようもないし……。

彼女は彼の前に立ちはだかると、両腕をぐいと掴む。ダニエルは感じ取る、その小さな両手はぐっと拳を握り締め、おそらくは叩きつけることもできる手だと。ただ針を捧げ持つだけの手ではないと。

――わたしを一緒に連れて行くのよ！　わたしの髪は金髪と言っても通るし、空色とは言えないけど瞳の色は明るいし、背丈は一メートル六十五に少し欠ける程度、そして歳は十八！　まさか通行証《サルボコンドゥクト》に写真が貼ってあるとでも？

――だけど……――彼は当然にも口ごもる――僕ら、夫婦じゃないし……。

彼女の高笑いが人気なき広場にこだまし、まるでポチョムキンの階段を転がって港にまで反響を呼び醒ますかの勢いである。

――そりゃわたしは正教徒であなたはユダヤ教徒なんだから夫婦のはずないわよねえ！

どこかのラビがわたしの回宗を認めてくれるのに何ヵ月かは要るだろうし……。だいたい、その新生国とやらはこっちでわたしたちを縛りつけている何もかも屁でもなくなるところだって、そう言ってたんじゃなかった？　行くわよ！

呆気にとられるダニエルの目の前で、彼女は両腕を大きく伸ばし、その場でぐるぐると回り始める、ちょうどアナトリアの瞑想舞踊手《デルヴィシュ》のように。笑い声はそのまま、神を呼び出す呪文よろしく、ついさっき初めて耳にしたばかりのあの名この名を繰り返す。

――ブエノス・アイレス！　ロサリオ！　エントレ・リオス！　サンタ・フェ！　銀の国《アルヘンティナ》！

笑い声はそのたびひときわ高くなり、彼女は回り続ける。

――わたしはリフカ・ブロンフマン！

＊＊＊

百と十年ののち、この男女を曾祖父母とする男はパリの病院に予後を過ごすさなか、ブエノス・アイレスの伯母ドライファから一通の手紙を受け取る。「一日また一日、死出の時が近づきつつあるのを感じ」、年老いた伯母は彼にこの物語を書き綴る。世代頭の女から次の世代頭の女へと、女たちが受け継いできた、一族の秘密。伯母がいま男の彼を選んだとすれば、それは、地理的に遠く離れた彼相手にならば、語り継ぐという約束を反故にすることなく秘密を保ち続ける任を果たせると見えるからだろう。

二度目の脊椎生検《バイオプシー》の結果を待ちながら、ついぞ顔を見たことのない曾祖父について、子供の頃聞かされたあるかなきかの断片に向かい彼は記憶をたどる。その曾祖父の子供たち十人は、一八九〇年春の午下がり、オデッサ港から出帆する船たちを哀し気に眼差していたあの娘を母として、アルゼンチンに生まれた。

彼は曾祖父から絵に描いたような多情家の相を受け継いでいた。いやむしろ移り気の相と言うべきか、それは――今になってわかるのだが――伯母ドライファが手紙に明かした逸話からの流れに添う。しかし、大西洋を渡る気にならなかった女性のことをふっ切り、自分が必要としている勇気や大胆さを備えた別の女性に乗り換えるというのは、賢明さが片鱗を覗かせたに過ぎないのではなかろうか？

当の曾祖母リフカ、本名を知ることはもはや何者にも叶わぬであろうその曾祖母が、勇気も大胆さも不足することなき人だったことは彼も承知している。一九〇二年、狙いも確かなピストルの銃撃二発をもって、グアレグアイ一帯に「幼児さらい」として知られていたジプシー二人組、農場《チャクラ》をうろついていたその盗賊を仕留めていた。毎年ひとりずつ男子を世に送ってのち、一九〇四年には過去九度ともその子をとり上げたアベルブッチ医師の助言に反して十度目の妊娠を引き受け、彼女に似た空色の瞳の女の子を産み落とすと、産褥熱で何時間後かに世を去った。

俄かに曾孫の彼は合点した、なにゆえ一族の女たち、少なくとも秘密の番人たちが、かの太母のことを誇りに思うどころか、知っては危険なこと、ほとんど禁域に属する物語として受け継いできたのかを。女たちを穏やかならぬ心境に追いやっていたのは、法の目を盗んでいるだの詐術を弄したのといった馬鹿げた観念ではなかった。そうではなく、ユダヤ律法《タルムード》に従えば、ユダヤ教徒たる条件は母親を通じて継承されるものであり、だとすれば、かの男女の契りから生まれた十人の子はユダヤ教徒ではなかったということになる……。

四十八時間後に自らの寿命の見通しを知るであろう入院患者は、己れの父、己れの母のことを考える。「選ばれし」民に属する事実は家系のどこで消え、どこで復したのか？（その語は彼に、これまでになく陰気にして不吉な光輪を背負ったものとして響く。）宗教という宗教の全く埒外に育った彼からすれば、ユダヤの連綿たる継続性とは神秘に包まれた絆やら心慰められる伝統《しきたり》の裡に看て取れることなど決してなく、せいぜいユダヤ教固有の料理を時たま食べ歩く折に浮上するくらいだった。いやもちろん小学生時代、そして兵役に従事する間、夜番や便所掃除の折にやはりしばしば耳にした「ちびロシアの糞ったれ」という言い回しの裡にも、それは宿っていたのだが。

自分自身に哀れを覚えるには彼は疲弊しすぎている。彼の感情は顔のない人物に、あのリフカ・ブロンフマンへと、本物の、つまり家族や友人に囲まれて暮らすという幻の安寧を選んだ彼女へと向かう。一八九〇年に二十歳前後だったとすれば、一九四一年には七十歳というところか……。彼女はバービイ・ヤールに絶命しているだろうか？　ウクライナ人の大半がソヴィエトの軛《くびき》からの解放と受け止め歓声を上げた独軍侵攻、その時点でまだ存命であったとすると、彼女を亡き者とするのはドイツ国防軍の特別行動部隊《アインザッツグリュッペ》か、ＳＳか、国家主義者たちの一団か、いやそれは、にこやかに愛想よく振舞いつつも突如敵に豹変する隣人たち、祖国の庭に生えるセム人と称する雑草を根絶しようと躍起になる正義の執行者かもしれない。

　また考える、自分には子供のないことを。お定まりの、あるいは恐怖の新たな風を受けあちこちの国へ散りぢりに飛ばされた数多ある従兄弟たちのそのまた子供たちに至っては、遠くかすんで誰が誰かもわからないということを。この物語を語り継がなかったからといって誰に申し開きすべき必要のないことにも気づく。にもかかわらず、説明のつかない衝動に命ぜられるがまま、二日をおいて、彼はそれを掌編《クエント》の形に綴り始める。

文学

Literatura

おばイグナシアは新聞を読むのに訃報から始めるのが習いだった。何年もの間、若さからくる思い上がりをよいことに、その習慣を目にして私は一笑に付したものである。おばの人生に小説めいた傾きは毛頭なさそうに私には思え、つまり彼女が敵など作っていようはずはなく、従って、決まってお預けを食らう御褒美、ほぼ決まって不満の残る御褒美とはいえ、そうした日々のお勤めへの報償として相手がこの世からいなくなることを待つ、そのような相手をおばが抱え込んでいる可能性などあり得なかった。

随分と後年のこと、ある朝気がつくと私はその手の告知の間に己れの夢見を打ち消す証拠を探していた——前の晩この名が二度までも訃報欄に見出されたのだ、まずは死者たちのひとりとして、それから同じ告知に登場する故人唯一の親戚として。正夢の証は見当たらずほっとしたのも束の間、別の名前、ナタリア・サフナ・ドルゴルキの名を見つけ、私の心には日蝕の如く陰が差した。

それ自体音節の組み合わせとして取り立てて痛みを引き起こすわけでもないその連なりが私のなかには無数の共鳴を伴う和声の効果を生み出した。もはやおぼろにしか甦らない当のその人の容貌《みめかたち》の彼方に、踏みつけにされ像を結び切れない四分五裂の、割れた鏡に映り込んだような情景が期せずして浮かび上がった――自分自身の、若かりし頃の姿、友人たちの、そしてまたブエノス・アイレスここかしこの今は亡き姿、自分としてはこの記憶の彼方に葬り去ったつもりでいたそれ、時がこれでもかと描き出してくれたありきたりの皺また皺の間に紛れ、見えるか見えないかの域に没していた古傷だった。

告知によれば、彼女の没後十年に当たり、その日の午後ブラジル通りに位置する正教会で追悼の祈りを捧げる式がもたれるとのことだったが、その正教会とは我が人生のごく初めの何年か、母に連れられレサマ公園へ散歩に出るおり見慣れていた玉ねぎ頭、ブエノス・アイレスにあっては異国情緒の代名詞に近い、草むらの間から頭を覗かせる金色の壮大な玉ねぎ状の穹窿《クプラ》を持つ、あの同じ正教会だった。

そんな経緯から、半世紀もしたところで私は初めて足を踏み入れることになった、彼方から漂う香の焚きしめられた薄闇のなかへ、天井から下がる灯火の赤みがかった光を受け、祭壇前の聖像壁《イコノスタシス》を飾る金色《こんじき》に包まれた誰とも知れない聖人たちの、心ここに在らずといった体《てい》の表情を見るともなく目にし……。

コロン大通りの側から訪れるに、既に私は記憶と噛み合わないものに気づいた——十字架を頂く五つの丸屋根、そのうち中央のひとつは親分格、残る四つは屋根の四隅それぞれに控える子分格だが、いずれも空色に塗られていた。いつからともなくずっとこの色だったのに、私は後年知ることになる他の正教会の、これよりもっと贅沢な丸屋根の例を見知ってからここもそうだと思い込み別の色を上塗りしてしまっていたのだろうか？　それともまさか最近になって元来の金色が褪せてきたのを手当てする折、修繕費を倹約したらこの色になってしまったということか？　本堂前廊《アトリオ》左側の壁には色とりどりの陶板が嵌めこまれ「ロシアの受洗（九八八－一九八八）」一千年を記念していたが、モザイクの制作された日付が新しいせいか、ルネサンス流の遠近法の全く欠けた構図を護持しているのに、その細工が示している大群衆一堂に会すの場面は私にビスケット缶の蓋に描かれた絵柄を思い出させてしまうのだった。

内陣へ進んだ私は、最前列を占める三人きりの参列者に敬意を表すべく充分な距離を空け、自分の席を決めた——最前列の左手には年の頃判然としない夫婦一組、この場にふさわしく身だしなみに気を使ってきたさまが看て取れ、一方右手にはいくつくらいかと考えるのも無理なくらい年齢を重ねた老紳士がおり、夫婦者ほど着衣に構う風はなかったが、一点あっぱれなほど時代錯誤と見える小さなこだわりが私の目にはたちまち彼をただならぬ人物に仕立て上げた――いかにもそうあるべき姿で鼻筋の骨に架かり、そこから黒天鵞絨《びろうど》の紐の下がる鼻眼鏡《パンスネ》。再度目を凝らして検分すると、さっき夫婦と思ったのはおそらく私の早とちりだったらしい男女、その女性の方はこれまた彼女なりのこだわりを身に飾っていた――イングランド人たちが「薬箱」（ピルボックス・ハット）と呼ぶ類の小ぶりな帽子、菫色のその帽子から同色の短いベールが垂れていた。

どこにいるのか姿の見えない司祭《ポペ》が祈りの詞句を詠唱し始めるや、その場にいないあの女《ひと》が我が記憶の負う限りの、ほんのそれきりの生を取り戻すにはそれだけで充分だった。「ロシア婦人《ラ・ルサ》」、彼女を取り巻くアルゼンチン生まれの我々友人一同は親しみと敬意とを同じほど込めてそう彼女のことを呼びならわしていたが、長年、原語では云々すること叶わぬままそれでもこの胸を熱くしてやまぬ文学と付き合うに、彼女こそは何でも訊ける、汲めども尽きぬ泉のような相談相手であった。（ひょっとして原語では云々すること叶わぬからこそ胸を熱くしたのだろうか？）週に三度の午下がり、カセロス通りとピエドラス通りの角、ようやっと「二間」を数えるその住まいに出向いていては、彼女がその場でロシア語原典を黙読再読する傍ら私は同じ小説の西語訳、仏語訳さらに英語訳を朗読し、翻訳と原典とを比べ合うのだった。時折その口から哄笑が弾けた――誤訳といい、はたまた訳者が原文に用心深く試みる接近といい、彼女は慈悲そのもののように響き渡る「気の毒に！《ポブルレシト》」、喉元を転がるrの音も楽し気な決まり文句をもって分け隔てなく迎え入れるのだった。そうしておいてから訳知り顔など見せる素振りもなく誤謬版を正す作業に移り、確かに難しいのだと認め、「手を尽くそおう《トラタルルロン》としたけど無理だあったのね《ノ・プディエルルロン》」とやはりrをたっぷり転がす台詞をもって罪人《つみびと》たちに赦しを授けるのだった。一番ありがちな場面はといえば、その頃の私にとって想像上の大陸でしかなかったロシアの地、その地の暮らしに向かってこちらの思いもかけなかった窓を次々開いてくれる背景文脈の説明へと彼女が漕ぎ出す流れだった。

　それは時に、『戦争と平和』第一巻第一部第三章でクラーギン公爵の嫡子イポリットが履いているタイツの色、トルストイがフランス語表現を用いて定義したcuisse de nymphe effrayée「怯えた水の精《ニンフ》の腿」の正確なところ、ロゼと黄桃色の間の捉え難い色合いの差とも言うべきものについてであった。メリホヴォのチェーホフ邸に飼われていた二匹の犬の名は「臭素」と「キニーネ」だったということを思い出すためにふと置かれた傍白の間のこともあった。かと思えばオセチア、ダゲスタン、チェチェンなどほとんど話題に上せることも難儀なコーカサスの諸地域がそれぞれどこに位置するか、当時の私にとってはプーシキンやレールモントフの「我等の時代の英雄」の亡命先としてのみ合点のゆく地名を地理の授業よろしくささっと私に講じてくれることだったりしたが、もっともその頃そうした地名が世紀末に至る内戦やらマフィア同士の対決競合やら秘密裡に外界へ連れ出される女たちやらにより一躍名を馳せることになろうとは思いもしなかった。

　思うに、毎月最初の顔合わせごと封筒に入れお茶道具の盆の下にしのばせてきた額面も控え目なお札の二、三枚、ちなみに封筒が我々の会話に割って入ることもなかったが、そんなささやかな月謝などツルゲーネフ、チェーホフ、トルストイ、ドストエフスキー以外、はたまた神聖不可侵の父祖たるプーシキン以外に親族などいる気配もない独り身のその女性が、苦しい月末を辛うじてしのぐ、そのほんの足しになる程度だったろう。（「間違ってもプーシキンを翻訳で読もうなんて思ってはいけませんよ、彼はロシア語でしか味わえない書き手ですからね。」）もっと近年の書き手たちをナターシャ・サフナが無視するわけではなかった――ある日はアンドレイ・ベールイを引用してみせたし、また別の日にはナボコフに言及してみせたが、その際シリンという、作家がベルリンやパリで用いた筆名で彼を呼んだのも、私の理解ではユダヤ系の女友だちベラ・スロニムを介し彼女はその時代の作家と知り合っていたからだった。

「ラ・ルサ」の過去、それは口にはされずとも分け入ること不可能というわけではなく、敢えて詮索する代わりただ文学という名の目の詰んだ横糸にそれとない察知を潜り込ますに任せれば事足りた。蔵書を眺めていて私が目を留めた一枚の写真は彼女に「誰でもないわよ、ただのいとこ」と短い台詞を口走らせた。続いて声を少し落とすと――“Il faisait le danseur au Touquet, en 1932...”「一九三二年に彼はル・トゥケでダンサーをしていたの……。」また別の機会にはイスタンブルを暑さと結びつけている私の都市観を正した――「冬場にはボスフォラス海峡に雪が降るのよ……」と言うなりその言の正当なることを確約すべく付け加えた――「一九二〇年から一九二六年まで私たちあそこに住んでいたから。」

　彼女の言動のうちとりわけ私が引っかかったのは、イングランドに対する執拗な敵愾心だった。もちろん、だからといって反感ゆえにダンやキーツ、彼女が原文のまま完璧な発音とともにしばしば引用していた詩人たちの作品や、ホークスモアの設計した教会群、ゲインズバラの画業などに向けられるその称賛が妨げられることはなかった、ただ同じようにしばしば喜色満面「不実なアルビオン《ラ・ペルフィダ》」と持ち出すときの口ぶりは「ラ・ペルフィド・アルビオン」「ペルフィディアス・アルビオン」と言語が変わっても勢いを減じなかった……。ある日のこと、私に向かってどこかしらからかい気味のお小言を向けた――「英国びいき《アングロフィロ》ね、アルゼンチン人ときたら誰も彼も同じだわ……。」どうしたら彼女に説明できるものか、子供じみた言い訳すら見つけられなかった、自分にとって英国嫌い《アングロフォビア》とはつまりペリコン舞踊と臓モツと党派を示す鮮紅色の徽章を振りかざす国、子供時代に聞き飽きた「革草履《アルパルガタス》を友とし、書物を敵とせよ」のスローガンをもってこの身を脅やかしてくる国の同義語でしかなかったと――顔見知り一帯を仕切る女将たちの密告に組み敷かれるしかない、領土という名の殺伐とした広がりそのもの、言うなればフリオ・イラスタの散文からは遠い、途轍もなく遠い世界を意味していた。

活字の世界のロシア、たとえ不実な翻訳とはいえその文字を通して読み解かれたロシアこそ、彼女と私を結ぶ支えだったが、そのロシアから一歩外に出ると単調かつ色味の冴えない、そのようにしか私には思えないアルゼンチンが脈打っていた。アルゼンチンの裡には来るべき酷い年月が着々と準備されていたのだが、しかしその現実も我が目には、彼方の虚構世界と比ぶる甲斐もないほど劣って見えた。日刊紙の数々に溢れ返る悪党揃いの軍人たち、放蕩三昧の組合ゴロたち、右も左もわからなくなっているゲリラたち、そのいずれも我が想像力の地平にはさっぱり何の足跡を残すこともできなかった。

徐々に私は「ラ・ルサ」から距離を置くようになってゆくが、取るに足りない、今日となっては恥じ入るようなつまらない事柄が口実になっていた。一例を挙げると、彼女の耳が遠くなったこと。聴こえている振りを装うのは無理と悟った彼女は時代がかった補聴器の助けを借りて事態に対処したつもりにはなっており、補聴器用の電池をしまう銀色の金属ケースを宝石よろしくブラウスの胸に留めていた。我が身を振り返るなら、今思えば全くぞっとするほど陳腐なお歴々だのお近づきだのが溢れ返るいまどきに気を取られてしまった己れの非に行き当たる。彼女の死を知ったのは旅先からブエノス・アイレスに戻ったときのこと、事後いずこに葬られたのか、そのロシア語の蔵書はどうなったのか、あちこち剝げかけささくれ立った哀れな聖画像《イコン》たちの落ちのび先にしても、知る由もなかった。

　ひとり自分だけが聖餐に与らなかった追悼の儀がひとたび終わり、表に出てみると、私は他の三人から厳しい、おそらく参列の資格なしとの意を込めた、とはいえいずれにせよ一瞥というだけの眼差しを頂戴した。なるほど彼らにとってみれば私など、どこの誰とも知れぬという以上に闖入者でしかなかった。手短かに辞去の挨拶を済ませると壮年男女はデフェンサ通りの方へと、坂を上る足取りに力を込めつつ規則正しい歩調を崩さず立ち去り、片や老紳士はタクシーの注意を惹くのにどこにそんな活力がと思われるほど伸び上がるとひと呼吸おいて用心深く車に乗り込んだ。二分もすれば三人とも私の視界からは消え去り、おそらく「過去こそその唯一の希望にして生業」（ナボコフ）となっているところのエミグレたち、亡霊の如き存在へと回帰しているのだった。

　目の前に広がるレサマ公園はこの私が思い出せる公園より緑乏しく埃っぽく見えた。今ややかましく喚くようにどぎつい色を塗りたくられた石段には肌の浅黒い一家がにこりともせずに腰かけ、冷肉の薄切り《フィアンブレ》を挟んだパンの切れ端を二つ三つ、それをくるんだ紙をテーブルクロス代わりにして分け合っていた。その向こう、その奥の木々の下まで行くと急に腐りかけた植物を思わせる甘ったるい匂いが私を襲った。もはや若くはない男女の、サイケながらも色褪せた布切れで身を飾り立てた一団の存在を認めるに及んでやっと、彼らから流れ出る香気がパチュリとカナビスの混ぜ物、ヒッピー族の時世に人気を博した代物であることに気づいた。彼ら、哀れを誘う往年の生き残りたちが針金とガラス玉とブリキから成るらしいビーズ細工を並べてみせていたのは、いわゆる民芸市の体裁を整えるに市当局とやらが要求する条件を揃えるためというところが関の山だろう。ただし全くもって、そう、欠くべからざる相方が欠けていた――かくも食指の動かないガラクタを買ってやってもよいなどという者が。

気がつくと、往年の時空間に浸る人影に囲まれながら一時間はつぶしただろうか、ともあれ彼らは少なくとも、何か虚構を育て上げる種子を私が直観的に探り当てる手伝いはしてくれた。同情は誘わないが好奇心を呼び起こしたのである。

二日後、再び亡霊たちが我が扉を叩いた――郵便が私の許にもたらした小包の中身は一通の手紙と一冊の書物。前者は署名が殴り書きの余り判読できず、ただ文面はひどく折り目正しいフランス語で書かれていた。書き手が説くところでは、死の間際「我々共通の友ナターシャ・サフナが」彼に依頼していたというのだ、もしいつの時点でか、この私がそれと姿を現わすことあればこの本を渡してやってほしいと。十年の歳月が流れ、貴君の不在と貴君の沈黙とは議論の余地なきものでありました、ほんの二日前までは……。

一体全体その男とは何者なのか、この名この住所を知り得ているばかりかブラジル通りの教会に現われたこの顔を見分けられるほどの顔見知りとは？　あの日の午後、ちらりと垣間見ただけの三人のいずれがこの手紙を書き綴る一人称男性単数のその人に当たるのか？

書物はエブリマンズ・ライブラリー版のキーツ詩集、それで思い出すのは若かりし頃、己れの時代だからこそ頑として遠い昔とはみなさないでいた時代、廉価版といえど英語の書物なら布装とそれに見合う表紙を備えていておかしくなかった時代のこと。本がたちどころに口を開けたのは「ギリシアの甕のオード」の頁、往時ならば航空便箋用に使われた薄手の紙が何枚か折り畳まれて挟んであったその圧ゆえだった。それらの紙葉にはロシア語で細かな字がびっしりと書き込まれ、一九四六年の日付があった。キリル文字に関する私のささやかな知識程度では「ダラゴイア・ナターシャ・サフナ」を読み取るのがせいぜいだった。一方、書翰紙は光を通し脆きこと蝶の羽根の如し、私の指が少しでも触れようものなら粉々に崩れてなくなりそうだった。透明なプラスチックの間に挟んで保管し、そのままフォトコピーを取ることにした。誰の助けを借りられるだろう？　私はアレッホ・フロリン－クリステンセンの力にすがろうと思い立った。
ほんの数日をも待たず、先方に送ってあったフォトコピー、そして以下に披露する翻訳とが私の許へ届いたが、そこに添えられたカードに我が友は吐露していた、ロシア語原文の「どこまでも深く人の心を突き動かす文体」が果たしてスペイン語に拾い上げられたものやらおよそ自信がない、とのその危惧を。

一九四六年二月、バヴァリア州プラットリングにて

親愛なるナターシャ・サフナへ

この手紙は僕の最後の手紙になるかもしれない上に、喜び勇んで書くというのとも違う、二人とない我が親友に頼まれてのことだ――そう、貴女の兄ピョートル・アレクサンドロヴィッチのたっての頼みだからこそ。彼は昨日連行されてしまい、再会できるとはおよそ

思えない。独軍降伏後、僕らは捕虜収容所をあちこち転々とさせられたが、その間誰ひとり僕らの置かれた情況について説明してくれようという挙に出る者はない。だが、説明などなくても僕らにはわかっている。昨年二月ヤルタ会談の場でチャーチルとルーズヴェルトはスターリンの言い分に折れ、欧州の東半分を奴に引き渡すばかりか我々の生死すら託してしまった……。無論それほど仰々しい物言いがなされたわけではない。引き渡し作戦はその名も「祖国復帰」、君に言うまでもないことだが、我々の誰ひとりソヴィエト連邦の市民だった例しはないのに、だ。何人か、僕らのように年かさの者は一九一九年英仏がムルマンスク港からロシアへ上陸したときクラスノフの指揮下に闘った。（ムルマンスク！零下五十度の夜を五ヵ月も……）あそこで最初に喫した敗北が僕らに何事かを教えていて然かるべきだった。だがそうは運ばなかった。味方の隊列はいったい幾らを数えたことか、十万はたまた十五万、一九四一年に我らこそ祖国をボリシェヴィキの手から解放すると意気込みドイツ国防軍《ヴェーアマハト》の後を追ったその数は？　どうもスターリンは我々を奪還することに殊のほか飢えているとヤルタで見せつけたらしい……。

　ナターシャ・サフナよ、貴女には想いの及ばないことだろうが、独軍退却に続くロシア人ウクライナ人の脱出行のすさまじさは——家族という家族が丸ごと、徒歩で、雪道を、時には手押し車に老女を乗せてという有様、一度たりとて武器など手にしたことなき人々が、武器を取った我々とは違うのに、アメリカ人たちは「侵略者に協力した」などと言うが断じてそんなことはない人々なのに……。（アメリカ人たちときたら！　侵略も占領も被ったことがなく、戦争といえばいつだってよその家に上がりこんできた連中……。）皆の唯一の目的はこの唯一の機会に、供された最後の機会に、ともかくソ連邦から脱出すること……。これから僕らを待ち構えているところに僕は何の幻想も抱いていない。当初は現在地に近いダッハウにいた。そこへ連れて行かれたとき僕らの目を引いたのは、収容所に樹木は見当たらないにもかかわらず、地面が黄色い木の葉に覆われていたこと……僕はその一枚を拾い上げてみた。それは布の切れ端で、星の形をしており、ゴシック文字でJudeの刻印があった……二週間前、そこに収容されていたユダヤ人たちが解放されていた……今度はプラットリングに連れて来られ、ここ五日ほどまるで眠っていない。毎朝日の出前に野球のバットを持ったアメリカ兵たちが収容棟へやって来て、重ねられるだけ積み重ねられたベッドの金属製の足をバットで叩き回り、下手くそなドイツ語で「マッハとっとと《シュネル》」と叫ぶと、雪の中だろうと構わず我々全員を中庭へ集合させる、それから日に四十名か五十名の捕虜をトラックに積み込んでチェコ国境まで連れてゆき、国境では赤軍の一個師団がお待ちかねというわけだ。ダッハウでは我が軍の将校八名が自殺に及び、ここではサモイロフ司令官がはだけた胸を有刺鉄線に擦りつけた……。するに事欠いて、彼を看護所に運び込む前にその姿を撮影した米兵ども……。僕の国境送りは最後になるだろう、通訳として必要だからだ……。『抒情挿曲《リリッシュ・インテルメッツォ》』『トム・ブラウンの学校生活《スクール・デイズ》』……。我々の読書体験がこんな末路に至ろうとは……。昨日のこと、チェコ国境から戻ったアメリカ人の下士官が我々と視線が合うなり嗚咽をもらし始め、まるで赤子のように泣きじゃくった。「森ときたら、森ときたら、どの木にもどの木にも首括られた人間たちがびっしり……」そう途切れなく小声で呟き続けた。クラスノフ将軍、不動の昔気質のその人は、「サー・ウィンストン閣下、一九一八年に小生に大英戦功十字章の栄誉を授けられたことをよもやお忘れではあるまいな」とチャーチルに伝える書信を送った……。応答を当てにしているのだろうか？　返事を寄越す可能性があるなどとまさか思っているのか？　イングランドの連中相手に？　去年の初めドレスデンを空爆した、軍事上の標的でもないその都市を、ドイツ一美しい都を破壊し、ほうほうの体でそこまで逃げのびてきていた東からの難民を何十万と殺して平気な奴らを相手に……。（アメリカ人はといえば新兵器を、底知れぬ破壊力を持つ爆弾を日本の某市に炸裂させたと当地ではもっぱらの噂になっている。）貴女は難を免れた《ユー・ハブ・ビーン・スペアド》！　貴女は難を免れた《ヴ・ザヴェ・ゼテ・エパルニェ》のだ、親愛なるナターシャ・サフナよ、といって何も、彼方そちらに控える世界の果てでは想像するに静謐であろう日々に不吉な影を落としたいわけではない、この世紀が送り出すかくも多くの惨禍惨状から暖かく守られている貴女の許へこんな文字の連なりを書き送るからといって。自問してみるのだ、僕らのピョートル・アレクサンドロヴィッチの境遇を知らせたいという以上に、この自分の形跡をひとつでも残したいと考えたのではないか、いやむしろ伝言文を入れた壜を海へ放る行為に近いかもしれないが。（この手紙は貴女に届くものやら？　例のアメリカ人下士官、我々にそれなりの情を示してくれた唯一の人物に託すつもりだ。）我々こそ、そして我々のみがこの戦争の最たる敗者なのだ。我々がどうなろうと誰ひとり痛くも痒くもないし、誰も我々を必要としていない。ドイツは欧州に欠かせず、合州国もソ連邦もドイツの傷を手当てしてやり、再教育を施し、手下として使うだろうが、いずれドイツ人は再び最強の地位に返り咲いてその頭上からポン引き同然の後ろ盾《パドリーノ》両国を振り落とすだろう……。当地に聞こえてくるところでは、アメリカの諜報員たち、商売人と並び明日何が起こるかにかけてはワシントンの政治家連中より耳の早いその筋は、早速ナチ間諜の頭目たちを引き入れ、ナチ側の手にあるソ連密偵網に関するファイルをそっくり手に入れようとしているとのこと、ナチ党員たちには別の名を与えて暫くカナダに潜伏させ、その後ホット・ドッグとコカ・コーラの黄金郷《エルドラド》へ拾ってやる手筈だろう。（コカ・コーラというのは暗い色をした甘ったるいシロップで、当地へ到着するや否や米軍はまるでデリカテッセンででもあるかのように僕らにも振る舞ってくれたものだが、どうも大西洋のあちら側では若人に大人気の飲料らしい。）ユダヤ人について言えば、貴女も御承知の通り僕自身は一度として彼らを忌み嫌ったことはない、だがなるほど我が方の多くは彼らこそロシア革命を起こした張本人だからと毛嫌いし、それゆえ収容所送りになるのは当然だとみていた……。恐るべきここ何年か、もし僕が何事かを学んだとすれば、それは集団を十把一からげにして罪を問うことはできないということ、何とか成立し得るのは個々人の犯罪であって、それもあるところでは咎められず、かと思えばまたあるところでは禁じられる、おそらくそうした罪ですら自分たちを守る目的でのみしでかすのではないか……。ユダヤ人たちの話だったね、彼らのうち地獄を生き延びた者たちは、何が何でも彼らの「約束の地」へたどり着こうとしている。今日その地を占領するのはイングランド人なのだよ、バルフォア卿の口を借り、ユダヤ人たちに民族の郷土（ア・ナショナル・ホームステッド！）と称するものを、何とパレスティナの地に、何とあの悲劇の一九一八年にそそっかしくも約束してみせた、当のイングランド人たちなのだよ……。大英帝国国王陛下の海軍が今日、パレスティナの港という港を封鎖しユダヤ人の上陸を阻もうとしているのに……。封鎖はどれだけ続くことか？　将来はもはや米ソの手中にあり、翻って大英帝国に残された日々は数えるばかり……。我々も同様だ……。どれほど長いことロシアへの帰還を夢見たことか、夢のなか僕は子供に還り、ツァールスコエ・セローの雪と戯れたものだ……。時に自問さえする、一体この僕がいつかその子だったことがあるのか、それとも夢見ただけだったのか、それはもしや我が想像の産物《ア・フィグメント・オブ・マイ・イマジネイション》に過ぎないのではないか、つまり悪しき文学と呼べるもの、なぜって文字を書いたり読んだりに昇華されず、実人生の上に追い求められてしまったからだ……。早まって銃殺されることがなければ僕にとっての約束の地、僕らにとっての約束の地をもう一度目にすることができるだろうけれど、それもごく短時間でしかないだろう……。僕を許してくれるだろうか、親愛なるナターシャ・サフナよ、こんな取り乱した思いを貴女に送りつけた僕、この身の苦渋この身の不安を貴女の許にまで及ばせ楽になろうとした僕のさもしさを？　どうか主の祝福が貴女の上にありますように、聖ワシリイが貴女を最期の最期の日までお護り下さいますように。

いついつまでも

敬具

アンドレイ・ディミトロヴィッチ

手紙を、いや手紙というよりその翻訳を読んだ私はいっとき感覚を失ったような、麻酔を打たれたような心境に陥った。まだまだ読み足りないのに、これまでなのか。掌中の紙葉を読み返そうと企てたが、最初の何行かを目で追ったのち断念した。気力が萎えたのか、疲れを覚えたのか、恐いのか？　私は翻訳とフォトコピーの紙葉を置くと、原本を探しに行った、まるで本当に元の手紙が存在することを自分に納得させねば矢も楯もたまらぬかのように。プラスティックのカバーの下、透き通ったそれらの紙葉は今しも消えてなくなろうという風情、もう一度空気に触れたが最後取り返しのつかないことになりそうだった。それらの紙葉に文字を書きつけた人物の面差しを想い描こうとしてみた――およそ甲斐のない営為が私に返して寄越したのはまたもや、おぼろにしか甦らないナターシャ・サフナの容貌でしかなかった。

私はこう考えることを押し止めることができなかった、しかも場違いの微笑を浮かべて、そう、「我々共通の友」はこの世紀末、二十世紀という時代が仕舞いの仕舞いになって彼女にどこをあてがおうとその居場所にお構いなく、この国を嫌ってやると自らわざわざ選んだ国の退廃ぶり、それもさもしいというより陳腐でしかない退廃ぶりを、大いに喜んだであろうと。おそらくは視線を逸らせたことだろう、それもまた品よく徳を示す仕草だが、男爵夫人サッチャーの仕掛ける金融天国全盛の真っ只中、擦り切れた、ぼろ切れの如き王室など目も当てられないと、その王室とやらは、不倫とコカイン中毒が取柄のお姫様とそのお姫様のお相手をする番にたまたま当たったエジプト男とが事故死したことでしか下々の心を動かせない始末なのだから。
エブリマンズ・ライブラリー版の書はなおも私の両手の上に、なおも「ギリシアの甕のオード」の頁を開いたまま在った。誰かが、もしや「ラ・ルサ」だろうか？　その詩の最後の二行に鉛筆で下線を引いていた――

「美こそ真、真こそ美」――これぞ地上にありて
汝らの知る一切のこと、知るべきすべてなり

かれこれ何年も前のこと、私もその詩を暗唱できるほど読みつけ、その意を理解したと信じ切っていた。今読み返してみるとまるで初めて出会うかのような、しかも皮肉な詩句と映るのだった、よもや決してキーツの意図したわけはない皮肉、歴史がそれらの詩句の上に狡猾にも悟られぬよう降らせた皮肉、それは薄く撒かれた灰の皮膜のように、私を受取人として、私のみを受取人としてかねてより預け置かれてあったのだった。

不動産

Bienes raíces

弟は私に似ていない。さっぱりどこをとっても。我が「異父弟《メディオ・エルマノ》」と言わねばならないことはわかっているものの、半分この兄弟というその言い回しは滑稽に響く——子供のころ目にした手品師を思い出すのだ、あるかなきかの着衣、気前のよい肉付きの両腿に、おいでおいでと言わんばかりの笑みを浮かべた娘が恐がるでもなく戸惑うでもなく横たわる箱を、鋸で半分こに斬り分けて見せた手品師のことを。（そしてもちろん何分と経たず、彼女の共犯者がすっかり汗だく鳴り物入りの努力を傾けた挙句、娘はさっきよりいっそうにこやかに、さっきよりなおも誘いかけるその微笑とともに起き上がり、観客の拍手を前に深々とお辞儀、と相成るのだった。）私にしても弟にしても、法律用語上いくらこの上なく「半分こ《メディオス》」だろうとお構いなく、今の今まで一体にして単一人格だった例しなどありはしない、想像の限りを尽くす過去のいつ何時を引き合いに出そうとあり得ない、八年の距離を置いて父親の異なる我々を宿したあの母親の子宮内にあってさえ断じて。私が彼を弟と呼ぶのは礼儀上の配慮に過ぎず、そもそも本人がそう呼ばれたいのかどうかもこちらには定かでない。それともそうするのは、ほんの二、三年前、我が人生から姿を消したのと同じ具合に彼の人生から消えようとしているその女人に向けての、その意味自体がこの手をすり抜けてしまう、判然としない目配せのようなものか。

私の視線の先にある彼はマテ茶器をかき混ぜ、葉《イエルバ》をさらに詰め、湯が冷めないよう気を配る。踏み台まがいの小椅子に腰をかけ、その前には熾火、こちらの姿に身ぶりで折り畳み椅子を示すが、ブリキ製のそれはいかにも危なげ、となればそうそう使われてはいないのだろうとこちらは見当をつける。家の裏手の軒が差しかける影の下でなら午後の暑さも我慢できそうだ、もっとも太陽は依然草地を厳しく鞭打っており、その、手入れのなされていない――いや野生同然と言うべきか――草地はかつて菜園だったはずの区画を侵していた。ともあれ今このとき私の関心の対象は彼である。これで何回目かの問いをまたかと思われようとなおも投げる――

――考えは変わっていないのか?

相手は笑う、然り気なく、まるでこちらの問いは本気の問いではないとでもいうように、あるいはその問いにはおどけた返球が必要だとでもいうように。

——答がわかっているなら何で訊くんだ？

なるほど確かにこちらは承知している、彼にとって意味などなすべくもないこの廃園、かといってまさか兄の私にとってはなお意味のないこの廃園を、弟がそれでも手放すつもりのないことは。それにしては、こちらの提案は至極理にかなっている——地所を売りに出すこと、たとえどれほど二束三文に終わろうと、家屋も込みで、何しろあばら屋同然のその家を住めるとみなしているのは弟くらいのもの、諸々の手配はすべて私が引き受けるがその見返りたる手数料は頂戴しない、それでいて売却の結果手許に残るものは折半。率直な話しぶりで弟の心を開かせられないものかともうひと押ししてみる。

——どうもよく呑み込めないんだが。お前《ソス》、俺より幾つ下だ？　八歳、十歳だったか？　お前《ソス》まだ若いじゃないか。いいか——技師としてやってゆくつもりがないというのはわかった。だがなあ……ここに埋もれちまうというのは……。世の中にお前の興味を引くものは何もないのか？　働けと言っているわけじゃない、せめてここほど侘しくない、ここほど取り残されていない場所を見繕ってみてはどうかと言ってるんだ……。

やおらその微笑が顔じゅうに満ちる、とっくに笑うのを止めたにもかかわらず。相変わらず黙ったまま、微笑が弟の顔には渋面と化す。
——何を言わせたいんだ……人生なんてこんなもんだろ。

＊＊＊

その朝グアレグアイに着いた折には家までの足にタクシーを拾えるものとアリエル・ベレフキンは考えていた。グアレグアイの町からはたかだか二十キロの距離でしかなく、天気は乾いた一日となりそうだった。

〈子供時分、不発に終わった旅のことを思い出す、一九三八年型クライスラー、五〇年代には父親が片時もそのそばを離れようとしなかった老体に乗せられ引きずられていった旅。「文句あるのか、今どきのブリキ屑みたいなでっち上げ国産車より古くても名車の方が良いに決まってる。」ベッサラビアとかいう、思い描こうにも窮す国から流れ着くなり、祖父母たちが腰を落ち着けた場所を見せてやろう、それが父の意図だった。当時小説といえばロビン・フッド少年文庫、映画といえばフォックスのシネマスコープ作品のお得意になっていたアリエルからすれば、父の企てにはそそられるだけの小説的興趣など看て取れなかった。グアレグアイの町を出たか出ないかのところで雨が土剝き出しの野路をぬかるみへと一変させ、高貴なるクライスラーはずぶずぶと泥にはまり、トラックに鎖をかけられ舗装路のある町はずれまで引き戻してもらわねばならなかった。）
ところがその朝、全国モーターサイクル大会とやらのお蔭で町じゅうが気もそぞろだった――町の湯治場の向かいに五百台ほどが結集しており、彼はモンテ・カルロと称する酒場、タクシーを呼んでくれるか、さもなければ誰か車を回してくれる人間を見つけてくれると言われたはずのバルで四十分も暇を潰すことになった。しかし救い主となるべき乗り物はさっぱり現実の姿を現わさなかった。商売人としての直観を働かせれば、わざと長居をさせて少しでも飲食に金を落とさせる魂胆かと勘繰られたのだが、どう見ても彼のことなど忘れ去られてしまったのだという証拠に程なく軍配を上げざるを得なかった――バルの主人も店員《モソ》たちも、ろくすっぽ数のいない客たちと一緒になって戸口から表を望み、つい先刻唸り声を上げて登場したかと思うとやおら沈黙を守る金属製の彫刻と化した愛車をあたりに停め尽くすどこぞの馬の骨たちと談笑しているではないか。

じわじわと、他人の好奇心に自分自身も染まるに任せた。我ながら己れの遠慮のなさにびっくりさせられた――自己の職業上の利害からそう易々と気を逸らせる用意のない（そしてまさしくこの遠出は、繰り返し自分に言い含めた、職務上の出張だった）彼が、たまさか飛び入り参加の体を示す見せ物に興味を覚え始めたとは。米国映画の系譜が彼に教えてくれていたのは、この種のお祭り騒ぎは黙示録を地でゆく一党のテロルと結びつくということ――肥満体を持て余すベトナム戦争時の勇士たち、汚らわしく、刺青だらけ、禿げ頭と毛深さが同居する彼らの従える同族の雌たちは欲の匂いを振りまきながらも男を立てることを弁えて革のジャンパーをまとう背にぴったり吸い付き、もろとも引っくるめ、あり余るドラッグとちらほら鉤十字の類が祝福してくれているという構図である。さてこれに引き換え、いま彼の目の前に寄り合う青年たちは人当たりよく、あご髭はお飾り、耳に嵌るピアスも恐ろしげな風情は一切なく、あまつさえ刺青の絵柄に至っては死を呼ぶ怪物というより神話の妖精の雰囲気を漂わせていた。とするとこの集まりというのは、とひとりごちた、いわゆる中等学校の生徒たちが卒業記念に企画しがちなバリローチェへの小旅行とそれほど色合いを異にする様子もない……。

風来坊たちを取り巻いてはにこにことお喋りに余念のないその集団のなかに彼が頼んだはずのタクシーの運転手、あるいはいくらか臨時収入を得たいがために運転手を買って出た町民が混じっていたはずだが、あれよという間にそのお勤めを当てにする気も割り引かれ……。と突然どよめきが起き、皆の視線を広場の向こう際へと集めた。何台かのバイクが動へと転じ、恭しく護衛の列を組むべく駆け寄った先には埃まみれのトヨタが一台、今しも凱旋入場を果たしつつあった。片手を高々と掲げ挨拶しながらトヨタを駆るのは上背のある細身のシルエット。

——トヨタの大姐御！——若者たちの声が響き渡った。

見るからに温かい歓迎の波に迎えられたトヨタはどうにも立ち往生せざるを得なくなり、その周囲を数多のニッサン、ハーレイ・ダビッドソン、ホンダ・レベル、ホンダ・バラデロ、さらには地味なジレラまでもがぐるり取り囲んだ。ヘルメットを持ち上げると赤銅色の、皺の刻まれた顔、そして白い短髪の主、軽快明朗な老女の姿が現われた。

＊　＊　＊

いや生憎だが、弟は私に似ていない。ウゴ・アクニャなる名の彼は人生始まって以来一日とて働いたことがないはずだが、まさか働かずして生きられるような智略を編み出すためではあるまい。この甘やかされっ子が銀行に小金を有していることは間違いなく、さもなければ一日中ひねもす嗜み過ごすマテ茶用の葉《イェルバ》を買うにも困り、毎朝方そのあたりをひと回りするのに連れ出す馬の餌代にも事欠くはず。大の男が三十五歳にもなって、欧州で教育を受け学士号も持ち合わせながら、何をわざわざ我が祖父、そして祖父の兄弟姉妹たちが逃げ出す時機を見出し損なった土地、この野っ原なんぞに骨を埋めに来よう？

とはいえ何も私は弟の振舞いの深層に斬り込もうと当地へやって来たわけではなく、家の値踏みに、いつぞや菜園のひとつもあって、まずは向日葵、そののち一帯が冠水した後には米の栽培が企てられた地所の値踏みに来ただけのこと。毎年の蝗の来襲はたちまちのうちに天を黒ベタと塗りつぶし、これに輪をかけてあっという間に木々を裸にし、祖母とその姉妹が総出でありったけの金盥を叩きともかく蝗を追い立てるべくどれほど騒々しく音を立てようと結局は滅多に目的を達せられなかったのだが、どうもこの種の問題だけで、次の世代が丸々こぞって町住まいを選択するに充分だった。それのみが、そう、町こそが、医者だの税理士だの歯医者だのを片っ端から残らず、その誰もがひけらかすお免状の余りの多さに親御さんならほくほくの、そうしたお歴々を我が親戚姻戚とさせてきた。当の私は地所の売買を商売とする。事務所では秘書に博士《ドクトル》と呼ばれようと、何の学位も有さない。

家に目をやると、軀体の主立った部分は日干し煉瓦《アドベ》造り、塗装を施し体裁を整える努力はしてあったが今や上塗りもほとんど剝げ落ち、また一方、煉瓦造り《ラドリジョ》の軀体は、後年、第四子誕生後に増築せねばならなかった部分である。どちらも床は土を踏み固めただけだった、そして今も。台所は一番奥に位置し、そのまま野良へと通じている。百メートルほどのところにある小屋は便器の目隠し。土地登記上は一ヘクタールの広さということになっているが、もう随分と前から荒れ放題のこの土地が仮りに息を吹き返したとして、仮りにあばら家を潰し家の名にふさわしい本物の家屋を建て直したとして、ここへ通ずる道、なるほどその道はもはや我が幼少期のままの土剝き出しではなく砕石を寄せ嵌めた舗道になっていたが、仮りにその道がアスファルトで舗装されていたとして、だとしても、値踏みの息の根を止める止《とど》めの一撃は家から百五十メートルほど離れた隣地、しかしこちらの地所と境を接する往年のバロン・ヒルシュ学校、かれこれ何年も既に生徒の姿の消えていた学校のなれの果てから飛んで来る——州の公衆衛生局がその校舎二棟を救い出し、「マルコス・トラシュテンベルグ博士記念」精神医療施設《アシロ》に模様替えしていた。何でも夕暮れが迫ると収容患者たちを中庭へ連れ出し足腰を伸ばさせるので、高い土塀を越えて彼らの声、その罵り声やしまりのない笑い声やらが聞こえてくるという。何とこれこそ、売るに売れないこの地所こそ、相続関連諸法の定めが私にウゴ・アクニャと分け合うよう命ずる、畏れ多くも弟と呼んで差し上げるその相手と分け合うよう命ずるところのものなのである。

＊　＊　＊

アリエル・ベレフキンは白旗を掲げない。外と比べれば涼しいモンテ・カルロの店内で、ビール一本を前に腰を下ろし、視線を泳がせる先の電動バイクの群れは「プランタ・デ・カンパメント」と称する区画を覆い尽くしている——巨大なゴキブリたちは微動だにせず、各車ともその持ち主や手下たちがグアレグアイ・パレード場でのお披露目行進に備え洗車済み、道中の埃を落とし、午後の太陽にいっそう照り映える。隣りの卓では「トヨタの大姐御」が髭面の若者二人、右手の指にお互いそっくりの宝石入り指輪をひけらかすその二人に向かい、携帯電話はツーリングに必須、とりわけチュブトやラ・パンパあたりの難路を走り抜けるには、と説いている。

だが目の前の錚々たる人物たちも彼らの会話も彼の注意を逸らすには至らない。一度ならず彼は考えてみた、地所の件は忘れ去るべきだと――まかり間違って買い手がついたとしてどうせ懐に回収できるのはお粗末この上ない額でしかなく、「二束三文の五〇パーセントは語るも涙だ」と父も言っていたではないか。それでいてまた、売ってしまえば自分の人生からウゴ・アクニャをすっぱりこれきり追い払うのにうってつけではないか、とも考える、なにぶんウゴ・アクニャなる人間が存在するというただそれだけのことで、アリエルは自分と父親を捨てて去った母親のこと、リオ・オンドの湯治場にあるカジノで知り合ったアクニャとかいう男の許に走り自分たちを放り出した母親を意識させられてしまう。その母親はアクニャ某がバルセロナへその商売をところ替えするに及んで間もなく自分もスペインへ愛人を追い、彼の地で息子をひとり産み、つまりそれがウゴだが、そのウゴとやらは後年、母親が姿を消すと、ちなみにその失踪を取り巻く状況にはどうも判然としないものがあるのだが、わざわざアルゼンチンに居を定める気になるばかりか、よりによってこの、エントレ・リオス州のこの片田舎、奴に何のゆかりもなく、奴の来歴を成すわけでもない地へどっかと腰を据え、今そのウゴ・アクニャなる男は革草履《アルパルガタ》にどっかと足を預け、マテ茶を啜っていた――その図の阿呆らしいこと、まるで何十年か前、中産階級のお坊ちゃん連中が頭をすっかり剃り上げサフラン色の長衣《チュニック》に身を包み「ハーレ・クリシュナ」を唱えつつ街頭をそぞろ歩いていたのに似ている……。

夏の一夜、まだアリエルがごく幼かった時分のこと、父は夕食を終えた食卓から余計なものをすっかり取り下げると息子を呼び、よそ目を憚るある儀式に立ち会わせた。半時間ほどの間、いやもう少し長かったろうか、アパート住まいの居室のどこと言わず妻の似姿という似姿を見つけ出そうものならことごとく無効に処す手続を執行した。念の上にも念を入れる仕草とともに、鋏は一緒に写真に写っている他の人間たちが誰であろうと容赦なく彼女の姿を切り離し、いざ独りぼっちに追いやると、今度はありとあらゆる方向から、縦横無尽にその像を切り刻むのだった。そら微笑が、ほら眼差しが、やれ手の仕草が、ひとつひとつ突出浮上するのをアリエルは見詰めていた。脈絡なく切り離された写真の残骸はいくらでも無数の解釈を許すゲームとなって立ち現われ、断片のひとつひとつに新たな意味を負わせていた、つまり母と言われてアリエルが思い起こすのはそうした、もはやひとつの肉体をなさなくなったかけらたち、その変型、千々に八ツ裂きにされたものであり、それ自体どれも日毎輪郭を失い摑みどころのなくなってゆく母の生身の姿、母の温もり、母の声などをしのいでいた——郷愁と無縁にして、もはやほとんど恨みすら覚えない。家屋と土地が売れてくれればその女性を自分に思い出させるものはすっかりなくなる、そう彼は信じたい、十二ヵ月毎まるで歓迎されざる誕生日のように机上に届く不動産税の支払通告書にすら何も思いはしなくなる。

いま一度だけ粘ってみることにする。来訪客たちとの無礼講に熱中し切っている面々のうちに、ほんの一、二時間前、彼を運んできてくれたルノーの主がいることに気づく。さっきと同じ額を払うからもう一度往復してほしい、待ち時間（「ほんの半時間というところだ、請け負うから」）も込みで、そして暗くなる前にグアレグアイへ連れ帰ってくれるようあの男を説き伏せるのは事もない。

薔薇色の雲たちが茜色を帯び始め、見上げるたびに青みを増す空に解きほぐされてゆく頃、車は家からほんの何メートルかの路肩に駐車する。くたびれた犬が彼を出迎えるかのように顔を覗かせ、近づいて来ては泥だらけの靴の匂いを嗅ぐが、左眼に底《そこ》翳《ひ》持ちのその犬は彼の脇から離れず、人気のない家に足を踏み入れウゴを呼ぶこともなく視線だけで家の中を見回す彼に随いて歩く。とうとう薄暗がりの涼しさから開けっ広げの台所に出てしまうと、夏の長い一日をかけて溜め込まれた暑熱から身を守るのにブリキの軒はもはや役に立たない。折り畳み椅子と踏み台まがいの腰かけは三時間前そのままの場所に、マテ茶道具もそこにある。犬は相変わらずアリエルの動き、その往き来を我が意と随いてくる。遠目にも、便所小屋の扉が開いており、そこに誰もいないことは明らか。柳に緩く繋がれた馬は来訪者の存在を意に介さない風である。

初めてだったかもしれない、アリエルが草地に微風のそよぎを聴くのは、視界の外にある小鳥たちの、和声を踏みはずす啼き声を伝える微風、これから必ずや大気に涼をもたらしてくれる微風。一日が出立へと急ぎ足になり見慣れ尽くした風景に昼の光が次々変わりゆくとりどりの色を気前よく与えるこの暮れ時、ふとアリエルは気づく、自分には時間が停まってくれている、と。廃墟と化した家、不毛と化した土地の切れ端は、彼が根こそぎ捨ててしまいたいと望んでいた過去を証し立てる存在として彼に迫ってくることももはやなくなり、それどころかある種の魅力を持ち得るものと悟る、魅力といっても今のところまだ彼には感知し得ず、ただその存在を受け容れ始めるのがやっとであるにしても。

小鳥たちの声に混じり、おや、人の声が、人の声を認めたように彼は思う、そこまでの隔たりと、そしておそらくは嗚咽とがその声を声とは思えないものにしがちだが。目をやって声のありかを探ると彼方に染みのようなものが見分けられ、その染みはその場で、隣接する施設《アシロ》の、石灰を白く塗り上げた銃殺場のような大壁に向かい、ひくひくとうち震えているように見える。染みによくよく目を凝らせば、何とそれはひとりの男であり、立ち上がったかと思うとまたうずくまることを繰り返し、両手は壁を蜘蛛のように這い、高みへと声を向ける、ただし声よ天にまで届けというつもりはなく、壁を越え向こう側に聞こえてくれればそれで満足というところに違いない。アリエルに聞こえるのは男の口から放たれる矢継ぎ早の調子のみ、そして今となっては合点する、確かに距離としゃくり上げとが声を切れ切れにしていると。

――ママ……聞こえるかい《メ・オイス》？　ここにいるよ、……、息子のウゴだよ、聞こえるかい《メ・オイス》、ママ？　見捨てたりしないよ、ここにいるよ、ママのそばに……。

＊＊＊

グアレグアイに泊まる気はない。着いたらすぐさま立ち去る手を探すつもりだ、もしこんな時間に足はないというなら車を借り上げてでも、この車だろうが他の車だろうが、臨時収入を稼ぎたい輩がブエノス・アイレスまで私を送ってくれる気さえあれば。町の入り口に差しかかるなり目につくのは、そこら中でバイク野郎たちがお祭り騒ぎ、手に手にビール缶、中にはギターを持ち出し「おいらのためにまじないを《サラマンケアンド・パ・ミ》」を歌い出す者までいる。「トヨタの大姐御」はといえば若者たちが彼女を肩車して連れ出し、広場の周りを練り歩いている。

私は運転手を待っている——夜明け前には戻れないからと女房に知らせに行ったのだ。私はモンテ・カルロの一番奥の卓にかけて待つ。皆して表に出払っている。誰も注文を取りに来ない。その方がありがたい。今回この出張に時間も金も費やしすぎたというのに結局何も解決せず、せいぜい知り得ただけとは……父が予言した通り母の人生は不遇な末路を迎えるに至り、ちょうど彼女が父と私を捨てたように、間違いなく彼女もアクニャに捨てられたのだということを。

　私の想像が及び切れていなかったのは、最後の最後、結局のところ彼女を後生大事に守ることになるのは我が弟だったということ、彼ひとりが、そう彼、善き息子、スペイン男《エル・ガジェゴ》、異教徒《エル・ゴイ》、私ではない私《エル・オトロ》が。

一九三七年の日々 Días de 1937

ボストン菓子店のピアニストは、「煙が目にしみる」の演奏を着地の成功間違いない滝の如きアルペジオで締め括り、夜の部の客からいつもほど散漫ではない拍手を受けた。笑みを浮かべ、ぺこりと頭を下げ、都の内外《ウルビ・エト・オルビ》を問わず遍く世人に謝意を表した。ステージの袖へ下がる前に、右手の親指と人差し指をピアノの上に置かれた小さなボウルに差し入れ、コカインをひとつまみ鼻に嗅がせたが、それは店が彼の好きにしてよいと置いてくれる心付けだった。ひと嗅ぎ《ラ・プリーズ》——キャバレー「大使たち《レ・ザンバサドゥール》」の踊り子たちのように彼もフランス語の単語を用いるのだった——すると、この時間にはすっかり消耗の域に達する本日の演奏稼業もたちまち精力を新たにするような気がした。

それは月曜の夜、そろそろ日付の変わろうかという頃。ティータイムに集まる帽子自慢のご婦人たち、お喋りに余念なく、また一度自分の皿に取りわけたサンドイッチやケーキを「戻してもよい」決まり、つまり大食の罪を犯すに足るあれこれの動機を前に迷いに迷う彼女たち、結局はどれも次から次へと平らげさせてくれる計らいの虜と化している女たちの、影も形ももはやなかった。同じくカクテル・タイムの二人連れの群れも姿を消していた――その時間の組み合わせといえば、片ややはり帽子自慢の、ただし分別臭さはより薄く、たいてい申し訳程度に下がるベールが物欲しげな眼差しに幾分か神秘の色を添えてやっていておかしくない手合いの帽子を被った女たちと、片や文字通りぴかぴか光を放つ男たち、鏝《こて》を当てポマードを盛った彼らの髪が見るからに逐一その意図を講釈してみせていた。その天下の時間なら、彼らはクロームめっきを施した盆の上に並べられた「成分」を慌てることなく消費し、幻想を誘うとりどりの色に染まるアルコール飲料が悠長に啜られる習い、そして時にべたつく甘さの、時には鼻を刺す紙巻タバコの煙は九時をすっかり回る頃まであたりの空気という空気どこまでをも満たし切っていた。

かくも客層が異なるとなれば、ピアニストはそれぞれにふさわしいレパートリーを用意し、さらに己れの直感を頼りに色をつけた――よく「ラモナ」から「私の彼氏」へと転じては客の好みの当たりをつけ、「ペルシアの市場にて」を自分なりにアレンジした一品、なるほどそれは衆目の称揚に浴していたが、そのとっておきの一品をいつの時点で披露すべきかも承知していた。夜も十時を過ぎると客の顔ぶれにせよ会話の中身にせよ蓋を開けてみなければわからなかった――誰かが声の調子を昂ぶらせることもあれば、聞こえるか聞こえないかの息遣いに将来を約束する台詞が紛れ込まされることも。女たちのうちには単身店に入ることを拒まれないよう（店の評判を守ることにかけて「ボストン」は水も漏らさぬ意気込みで目を光らせていた）連れの女友だちが待っているからと抗弁し、そうなるとおそらくはその場しのぎの口実も明からさまには文句をつけようがなかった。雌属にまるで興味なしという顔をぶら下げたお付きの紳士《シュヴァリエ・セルヴァン》を調達できなければ、の話だが。

　月曜のその夜、客の影はまばらだった。ピアニストの顔見知りはひとりも見当たらず、せっかく試しにお披露目してみたシャンソンのメドレー――「煙が目にしみる」で締め括る前に「待ちましょう」を挟み込み、「待ちましょう」は「聞かせてよ、愛の言葉を」へ、さらに「僕の心はバイオリン」へ飛ぶという寸法のポプリだったが――に対しても、目を見交わして是としてくれる客には出会えなかった。ひんやりとした蘇生の閃光が鼻からひと息、脳へと走ってやっと彼は客の冷淡さの理由を気に病む境地から離れられた。バーマンのイバンがいつものウィスキーサワーを用意してくれているはず、そして欧州から届く消息のあれこれ、互いに矛盾し合い総じて意気消沈させられる知らせのあれこれをイバンと看にするはずだった。

ところがその晩イバンは持ち場におらず――本来彼の代わりが務まる者などいないと言うべきだったが、交替不能なその場に代役として控えていたのは――肌の色の濃い、コリエンテス生まれかと思われる、甘ったるい抑揚をつけて話す若者、それともパラグアイ人だろうか？　いやはやこいつは――とピアニストは思った――普段なら厨房から出ちゃいかんはずじゃなかったか。素性定かならぬ若者は彼にいつものカクテルではなく「第七連隊」なるものを一杯あつらえ、時局については全くの無知を隠しようもなかった。ピアニストは心中、この相手とは下手に会話を続けぬ方が礼を失さぬものと計算し、挨拶と単音節を幾ばくか、といってもあくまで行儀よく呟くと相手に背を向け、カクテルを手に、彼に取り置かれているわけでもない卓へ向かうが、その一卓はバーから厨房への通り道という面白くない位置にあるため空いているのが常だった。

卓を前に、行き場のない気持ちばかりが逸り頭をよぎる思い出も前後不覚のまま、彼はその一夜きりのバーマンが近づいてくるのを見た。こちらにやって来ると小さく折り畳まれた紙切れを手渡した。聞こえるか聞こえないかの「ありがとう」とともに受け取り紙を開くと、そこには些か目を疑わせずにはおかない書きつけが「マエストロ、Allein in einer grossen Stadtをお願いします」と読めた。間髪置かず目を上げ差出人らしき人物の姿をあたりに探したが、なぜ女性のひとり客を探したのか、そもそも女のひとり客が許されて座っているはずなどありそうもないのに、自分でも説明のつくはずはなく、次に男ひとりの客を探したが、目につくまばらな客のうちにその曲と相性の良さそうな者を見つけるのは不可能に思え、順繰りの仕上げに男女連れに目を向けても連中は周囲で何が起きようが心ここにあらずの有様だった。となれば彼は自身に言い聞かせた、リクエストを寄越した女性（それは年の頃四十歳ほど、髪はブロンド、哀しげでいて皮肉な風を漂わせ、ディートリッヒばりの無為な眼差しを投げる女性だと決めていた）はこちらの好奇心に先回りし、こちらの目を避けるべくさしあたり物陰に身を隠してしまったのだ。

　取るものも取りあえず慌ててひねり出してみた状況説明に彼は我ながら満足した。そうだな、所望と異なるカクテルをもう一杯もらったら、それで最後にし、店から許可されている休憩時間を十分切り詰めようとこの際さして気にならず、ピアノに戻りその旋律をいかにも華麗にまとってみせようではないか、ごくたまに客のいないところで、まさかその旋律を通りがかりに耳にしてあの曲ねと認知する者などいるはずもない、その点だけは心安く、ただ己れの哀しみをあやすためにのみたまさか、鍵盤に乗せるだけだったその曲を。

＊　＊　＊

あくる朝、目覚めた彼は下宿の部屋の窓を勢いよく開けたが、その勢いはまるで、裁判所宮殿《パノシオ・デ・トリブナレス》の名で知られるものものしい巨塊に相対し、トゥクマン通りの角に群れなす人だかりが睡魔をすっかり追い散らしてくれないかとでも言わんばかり。前夜の仕儀が脳裡に甦ってくるのはやっと半時間後、シャワーを浴びながらリクエストの旋律を鼻歌に乗せている自分を見つけてはっとしたとき。ままよ、あの念入りな筆跡をもつ伝言は夢に現われたのではないかと自問する、ついでに夢であったか、次々と放たれる自前のアレンジも、何しろせっかく披露したにもかかわらず、こちらが一日の労働を打ち止めとする前にこの客たちはいったいどんなひねくれた奇跡を待ち構えているのやら、潮が引いた後のように寡黙な聴衆を不快にさせるでもなく奮い立たせるでもなかったようなのだから。何色とも名状し難い色の紙片を託してきた人物を特定してくれるよう、なぜバーマンに求めなかったのか？　店を預かる担当者はいつの時点で、しかも帳場から、もう閉店の時刻と決めたのだろうか？　表情に乏しい己れの視線、描線をほとんど描かない頭部の動き、どちらも毎晩同じものだったし、演奏曲目が何であれ「取るに足りないあれこれ《ズィーズ・フーリッシュ・シングズ》」に繋げては、曲の最後の何小節かを音符ひと粒ずつ徐々にゆっくりとした刻み移行《ラレンティ》へとほぐし入れ、遂には旋律の最後の何音かが余韻を残しつつ空に散る、その間にも彼はペダルから足を離し、沈黙が充分に聞こえ渡る間を置くと、それからおもむろにスタインウェイの蓋を閉じるのもいつものことだった。

　いや、代役のバーマンを問いつめることはしなかったし、辛うじてまだ客の残っている僅かな卓を最後にひと目見やったときも、名もなき夜の鳥たちの間にはあの曲が彼に呼び起こす万感からはどこまでも無縁な顔しか認められなかった。だからといってベルリンの思い出が並ぶ写真帖を今一度引っくり返してみるようなことはしたくなかった。そんなことをすればひたすら感傷的な郷愁を掘り起こすことになるだけだった——後にして久しいあの都、彼はウエステン劇場やメトロポル劇場でレヴューのリハーサルがあればその間ピアノを弾いていたが、それも本番きっかり三日前オーケストラに取って代わられるまでのこと、そのオケだって常にルイス・リュース・バンド級とはいかないくせに、あるいは「ドイツのミスタンゲット」ことフリチ・マサーリを模す女性歌手たち何人ものレコーディングに伴奏者として付き合ったものだが、なぜか決まって彼女たちが大いに持て囃される前の話だった。ベルリンでは「ボストン」や「コッパー・ケトル」のような「その分野《はたけ》では別格」と目される店でソロ演奏することもついぞなかった。(「ボストン」や「コッパー・ケトル」が「別格」との枕詞を獲得するのは彼がラ・プラタ河岸に落ち着いて程なくのことだったが、当時はあまりの気取りぶりが馬鹿馬鹿しく映った修辞すら、いつしか後味の悪さを失い、死んだような河のほとりに立つ都の数多の住人たちともども今では彼もこの枕詞を用いて不思議に思わなくなっていた。）

さはさりながら、夜九時を目指して正確に彼のもとを訪れる焦燥、店の計らいによるクスリの幾さしかでは収まらぬ焦燥は、この都でなければ経験し得ないものだった。ひとり夢想をたくましくしてみたものだ、彼のピアノに心動かされた「有閑」マダム、夫に先立たれたやんごとなき独り身の上流婦人のひとりも現われて、先行き不明の自分のこれからを少しは確かなものにしてくれやしないか、あるいは映画館の支配人が彼の裡に天の恵み、土着の匂いふんぷんの劇映画に欧州の香気まとわせる能ある協力者を見出してくれやしないかと。結局は認めざるを得なくなる、この新社会、光を遮るものなき透明度を保ちつつ同時に錬金術と見紛う気密性に区切られた社会、その社会のはずれもはずれで彼はピアノを鳴らすにすぎず、彼の同胞たちがナチのおかげで手にしたお慰み、「社会的獲得成果《コンキスタス・ソシアレス》」と呼ばれるところの年金やら社会福祉事業やらの恩恵になど、この自分は何ひとつ与らぬまま老いてゆくしかないのだと。実地に基づくこうした思慮をめぐらせると気つけ薬を二倍吸引する羽目になりがちなものだが、いつもの一服に代わり、今日は両目のなかを凍った蝶が羽ばたき、さらには両のこめかみのあたりをひとしきりひらひらするので、彼は下宿の小部屋のことも、入れ替わりの激しい同宿四隣の女たちのことも、そして店子に目を光らせる家主、定位置から決して動かないドニャ・ピラルのこともさして気にならなくなっていた。

同宿四隣の女たちはその職を、主役を囲む合唱要員《コリスタ》と称していたが、見るなりたちどころに遠回しな表現だと呑み込めた。彼女たちのお相伴を得て前日ないし前々日の残りものを引き継いだ煮込み仕立ての昼食を朝食代わりに摂ることも平気になった。彼の目に映る「娘たち《ラス・チカス》」ときたら目は覚め切らず、染め色の褪めたガウンをだらしなく羽織り、前夜の化粧跡がにじんだままの顔をして食卓回りに集まってくるのだったが、一番年かさの娘は全身これエーテル漬けと言わんばかりの匂いを発散させて現われるのがいつものこと、つい二、三時間前にはエーテルで不眠をやり過ごせたはずだったが、時にはその鼻を刺す匂いがあまりにきつく、「そんなに何壜も使うのはおよしなさいよ」と語気を強める年若い同業者にも事欠かず、さて対するお局は相手を眼差すでもなくただ「ストリッパーのくせに……」と呟くのみ、理由をしかと了解しづらいのだが、その場を目撃することになったよそ者には「合唱要員《コリスタ》」だと言い張る彼女たちを見下す物言いと響いた。ある日のこと彼が娘たちにブロードウェイでは君たちのことをコーラス・ガールと呼ぶんだよと教えてやると、その直後、うちの一人が電話口で習い立ての表現を使ってみせているのに出くわすこととなったが、おそらく電話の相手は疑ぐり深い興行主だったのだろう（「貴方が今お話ししてらっしゃるのは名の通ったコーラス・ガールですわよ」）。この手の頬笑ましい逸話やら娘たちの華やかな存在そのものが、十年後も彼女たちに取り巻かれていることを想像すると我が身を脅やかすものへと転ずるのだった。

では、十年前だったなら？　記憶を辿るに、数え切れない期待と将来計画とに満ち満ちて困るほどだった。今やその仲間うちでは聞き飽きていた、ナチの勝利がまるで人智の及ばぬ天から降ってきた破局のようにすべてを灰燼に帰せしめたと、だが当の同じ面々各位がここ十年以上もの間見て見ぬふりをし遠ざけ邪険にして来た世界から降ってきた、あまりにも予見可能な応答とは受けとらないのだった。まさしく彼ら、麗々しいお仲間たち、もっと言うならば常連ぶることでそれなりの威光のおこぼれを授けられていた彼らときたら、我こそはベルリンなりドイツなり、はたまたその両者において自分たちこそ唯一無二の要なるぞと思い込んでいた。その縄張りを一歩出れば素性怪しき大衆、常に後回しにされてきた大衆が蠢《うごめ》いていようと、奴ら相手には目を向けることすら甲斐がない、その政治的無教養ぶりを嘆く対象でしかない、と片付けていた。

歴史の進路をめぐる仮説の一切から無縁なところで、人たるものの生物としての周期が突きつけてきている冷酷さを彼も受け入れざるを得なかった——既に満四十八歳を迎え、人生の黄昏を食うに困らぬ程度に過ごせようとの淡い光をちらつかせてくれる資本を蓄えられはせず、だがかといって悲劇の色あまりに濃い老境を予想してびくつくわけでもなく、むしろ純然たる暗中模索、いわば上演可能な未来の未の字もない事態が彼をして時折、夜の出番を済ませるとカンガジョ通りかビアモンテ通りを下り七月大通り《パセオ・デ・フリオ》を渡って暗がりのなかこの都の際《きわ》へと近づいてゆかせた、そこはこの都のどん詰まり、そのあたりに居並ぶしがない安カフェにあってはむさ苦しささえ絵にはならず、片や場末の安宿群は隣り合う港とつるんでいるはずだった。

夜目に不可視の港が彼を惹きつけるのだった——桟橋も船舶もかすかに鉄錆の匂い、春先の生温かい微風がことのほかその匂いを掻き立ててくる。水面《みなも》も停泊中の船また船もあくまで現世のものと思えぬ間《あわい》に留まっていた——目の前にあるその現実に近づくことは不可能、なにぶん税関の詰所も警察もうらぶれた場末のこんな暗がりを夜半にふらつく輩を不審がらずに見逃すはずはなかった。それでも彼は思い描いた、暗い水面に映る街灯の瞬き、絶え間なく乱れてはまた形をなして浮かび上がる光の文様。耳にした、あるいは空耳か、塗料の剝げかけた竜骨にぶつかる水がちゃぽちゃぽと無愛想に立てる工具まがいの音、いつ何時動き始め水上に浮かぶ館の数々を欧州へと導いてもおかしくないが今は休止中の動燃機関が低く立てる、いずれは出帆することを約す呟き。何となればラ・プラタ河こそは、どこまでが河でどこからが海になるのか判然としないその相方たる大西洋ともども、彼にとっては己れを欧州から隔てる距離以外の何ものでもなく、自分の立つ地点から真っすぐ線を引くとその行く先はケープタウンかもしれないと彼に思い出させても無駄に違いなかった——彼の頭の中の地図には北北東という方位しか存在しないのだった。

　夜半の諸国漫遊をいくら繰り返したところで己れの欲望する対象に手が届くことはあり得ないのに、彼はこれと引き換えに、「ビエホ・ルナ」に集いザワークラウトをつついてはただただ郷愁に浸るだけの友人たちなど放り出し、おっとり無口なイネシタのことをもうっちゃっていた、彼女の小さな胸はピアニストの指にあまりに感じやすく（「もうひとつの譜面《アイン・アンデレ・パルティトゥル》」）、思い出せることといえば日なたの香り、イネスは敷布の間に身を横たえるときとりわけ野草か渓流を思わせるのどかな匂いを発していたこと、その、彼をそそった神通力ももはや日に日にやせ細り始めていた。

＊　＊　＊

　二度目の言伝ては初回のそれからほぼひと月後、ピアニストの許へやって来た。いったん化粧室《トワレット》に立ちピアノへ戻った彼はスタインウェイの黒光りする木肌の上に折り畳まれたそれを見つけ、開く前にその色、薄いオレンジとロゼの間、それとも黄桃色といったらよいか、例の色を紙片に認めた。明確な筆跡、わざとらしさのない描線は確かに記憶にあった。今回御所望の曲は「Frage nicht warum フラーゲ・ニヒト・ヴァルム」。

初回より驚かなかったわけではないが、今日はたまたま別の注文が重なっており、驚きがさらに想像の域に反響してゆくことを押し止めた――その日は十一時半に出番を切り上げさせてもらうよう頼み込んであった、というのも滅多にないことだが真夜中に重要な用件が彼を待っていたからである。入りの良くない客席をぐるり、落ち着きなく見回しながらその旋律を奏でることで彼はお茶を濁し、そもそもリヒャルト・タウバーの美声抜きではそれほど記憶に残るほどでもない曲にしか思われなかったし、悲壮に飾り立てた和音を散りばめ曲を締め括るやお決まりの「音のカーテン」を放つこともなくピアノの蓋を閉じた。頭のなかへ別種の謎が押し寄せ、今日も一日務めを済ませた合図よろしく一気に吸い急いだクスリはてきめん、異様に長い針の如く彼の頭蓋を貫き、これから待つ予見不能の冒険行へと彼を奮い立たせた。

　ディアゴナル・ノルテ通りの角にタクシーが一台待っていた。パレラ通りの番地を告げる間にも、例の悪癖がまだ鼻腔に付着したままならこれっぽっちたりとも無駄にすまいという勢いで、強く入念に息を吸い込んでいた。初めてのことだ、「上流《ヘンテ・ビエン》」のお宅で開かれる夜会《ソウペル》で腕を披露するのは。そこに集まる聴衆の趣味に合いそうにない曲を除外すべく、頭の中で己れの持ち歌を総覧してあった、実に当夜の客が洗練され要求水準の高い人々であることは間違いなく、果たして「あなたと夜と音楽と」と「月下の蘭」のどちらを一曲日に持ってくるべきか迷い迷うさなか。所番地ともども名家を示す姓二つの連なりを書きつけた紙を携えており、目的地に到着するや記憶が合っていたかどうか確かめるべく紙を取り出して見ようとしたそのとき、ポケットからその紙とともに紙片がもう一枚、皺の寄った、黄桃色の、今このとき立ち止まって想いを凝らすわけにゆかない誰かが彼にドイツ語の歌を一曲、彼にとっては忘れたはずのその曲を先刻請うてきた紙片がこぼれ出た。

彼を通してくれた召使い（いわゆる執事《マヨルドモ》という人種だろうか？　アルゼンチン映画の世界においては喉から手が出るほどの需要を誇る役回りの？）は外套と帽子を受け取るとすぐさまそれらをお女中に手渡し、彼をピアノのところまで導いたが、そのピアノは周到に考え抜かれた場所、つまり人待ち顔の小卓を六つ七つ擁す大広間二間の継ぎ目の位置に置かれていた。お喋りに興の乗った招待客たちがにこやかに、シャンパン・グラスを手に入ってくる扉の向こうにはどっしりと書棚の連なりが垣間見えた。躊躇なく心を決めると「ジャスト・ア・ジゴロ」を武器に鍵盤を襲い、その間にも、二間のどちらにも愛想よく笑みを投げかけつつ、銀器と陶器と刺繍入りテーブルクロスの谷間に埋もれて見えるか見えないか、よくぞこれほどと思われる極小判の名札に自分の名を見つけようとしている本日の役者一同を観察するのだった。彼の見るところ、一同は既に筋書きなど承知済みの芝居再演を支度しているかのようだった。剥き出しの頭蓋に刈り込んだ口ひげを配する背の高い男がひとり、挨拶のつもりだろう、彼に向かって頭を下げたので、きっとこの家《や》の主《あるじ》に違いない、そう彼はひとりごちた。

誰も演奏に耳を貸してなどいないことはすぐ彼の了解するところとなった。第一、周囲を飛び交う熱のこもった声の協奏の狭間にあって、どの程度の音量を放つべきか演奏者自身にとっても見定め難かった。ボーイがピアノの背にシャンパン・グラスを預けても手を延ばす前に慎ましく数分の間を置いた。観察にうってつけのその位置から、もちろん音楽の方をおろそかにすることなく、給仕たちが何を運んでくるのかにも彼はその都度目を配った——序の口に持って来られた一品は小海老が顔を覗かせるこんもりとしたパイの山々、次の一品は見るからに肉の皿、鶏だろうか、付け合わせの刻み野菜に囲まれ、もろとも明るい色のソースがかかっていた。ひとりの女性の視線が彼と交ち合い、だって貴男の方が待っていたんでしょうとでも言いたげに、そのまま引き下がらないことが幾たびか、その眼差しは半ば冷淡に半ばじろじろと彼の様子、その場において彼が体現しているところを検分していた——スモーキングを着込んだ隕石人間。ひょっとしたら一風奇妙な異性への好奇心が御婦人方のその手の視線を呼び起こしたのかも、そんな考えが頭をよぎったが、同時に幻想は抱かぬに限る、とも思い直した——ゲランの香水を全身に染み込ませ、蝶よ花よと育てられてきた高嶺の花たちが彼と袖擦り合うなどそれこそ片時の迷い、何かに気を取られてうっかり、せいぜい目と目が合ったという程度でしかあり得なかった。

――タンゴも弾くのかしら《タンビエン・トカス・タンゴス》？

不意の問いに彼は飛び上がった。肩越しに問いの三語を発したのは落ち着いた年格好の至極細身の女性、歯並びを思い切り露わにすることを気にもせず笑いかけていた。右手の親指と中指とで挟む煙管はじっとしていない。答を待たずにさらに迫った――

――「サーカスの娘」を御存知？

彼はうなずく代わりに微笑でもって答え、すぐさまその曲にかかったが、他のタンゴ曲同様聴き覚えていただけで、自分の持ちネタとは勘定していなかった。

――ちょっと待って、そう慌てないでよ。

ぼちぼちババロアをゆっくり終えようかという食客たちの方へ向き直ると、女性はひと声言い渡した。

――キロガにお耳を拝借。

二度のつまずきの後、女性の声の高さに合う音程を探し当て、彼は伴奏を終えた。満足のゆく出来、音を当て損なわずに旋律についてゆくこともできるし、それどころかキロガを真似て歌う茶化しの効果や舌足らずの発音《セセオ》、浮かれ好き《カンジェンゲ》が滲み出る口調などに先回りし、あまつさえその乗りを良くすることさえできる自分を発見した。女性に向けられた拍手は過分ではありつつも心のこもったそれであり、馬鹿にした風は感じられないと言ってよかった。

——いいぞ、次はラマルケを演れよ！

高笑いの波を分け、とうに座興から落伍しコーヒーカップを手に書庫へと退却したのが丸見えの先客たちを追い、さらに何人かは目立たぬよう卓を後にしていた。既に一人去り二人去りの聴衆より、当の女性の方がずっとはしゃいでいるようだった。

——無粋な真似はせずに聴いてちょうだい、次は唯一無二の偉大なるメルセデス・シモネよ。

「歌いながら《カンタンド》」を弾くように言われた。この真似ごとは茶化しではないと理解するのに長くはかからなかった。自然と湧き上がる音楽性というもの、お手本とする歌手たちの過たず必ず身につけている資質が彼女には欠けていたかもしれない、しかし明々白々な情感を込めて歌に身を任せていた。

歌いながら生まれた私、
歌いながら生きた私、
泣き方も知らないのだから

歌いながら死ぬのね。

今回待っていた拍手はさっきより熱のない、さっきより短いものだった。誰も彼もが次の間からの無言の呼びかけに応じ、何分もしないうちに席はすっかり無人となった。

――やれやれ、チェ、芸術家たるもの退き際を知るべきということね――照れ笑い混じりに、芝居がかった仕草で煙管を構え、女性は言った――御苦労でした、マエストロ。

『マエストロ』のひとことが彼をぎくりとさせた。月並みな敬称として、そうたびたび向けられることはないにせよ皮肉の一切から自由な敬称として、その一語を受け取ることには慣れていたのだが、今、彼の方を見やりもせずに去ってゆく女性、いつも自嘲する風情の鉤括弧つきで話す彼女の声を通して響くその語は、匿名の客から寄せられたリクエスト、その書きつけにあった「マエストロ」の一語を思い出させた――何かの引用なのに、その狙いどころが彼にはピンと来ないという具合の。

彼を出迎えた当の同じ、さっぱり気を抜くところのない召使いが近づいて来、彼に封筒を手渡した。開けてみなくても厚みと感触とから新札が何枚か封入されていることは看て取れた。

――どうぞこちらへ。

その後についていきがてら、最後にもう一度目をやる先は、意外なほど対照的な花々を組み合わせた、はち切れんばかりに贅沢な花束。ヴィンターハルターの画風に倣ったと覚しき肖像画二点には、間違な挨拶からおそらくこの家の主であろうと彼が当たりをつけた男性の、頭部の今ほど剝き出しではない姿、そしてひどく細身の、人を嘲るような目をした女性が認められ、ちなみに画家は彼女の歯並びの横柄さをうまいこと笑みに溶かし込んでいた。

召使いは彼を厨房の控室へと導いた。ブリッジ用の卓につるんとしたテーブルクロスがかけられ、客人に振る舞われるのをその目で見た食事がひと通り、選りすぐられて彼を待ち、傍らにはシャンパンに代わりワインも一本置かれていた。これほどの御馳走らしきものを味見せずにお暇《いとま》すればさぞや見上げた態度だろうと心中呟くが、好奇心に加え、逃げ足速く目の中をちらついたのみといえどドニャ・ピラルの煮込み料理が甦り、自尊心の影などことごとく追い立ててしまった。ワインを一杯いただいてみるとなるほど普段彼がせいぜい飲みつける部類より遥かに上物だと舌も告げた。

——お歌いになった御婦人が当家の奥様ですかね？——ひと呼吸おいてから彼は尋ねてみる気になった。厨房には二人きり残る女中たちが食器の片付けに手を取られていた。二人は目を見交わし、どうしたものか探り合ってから、年かさの娘が短く「そうよ」と応じるなり立ち去った。年下の方が彼に近寄ると、早口の上に半開きの扉のような声で話し出した。

——旦那様は奥様が歌手の物真似なんぞ始めなさるのを良く思ってらっしゃらないんですけど、お酒を召し上がるともう誰にも止められないんです。何でも旦那様と結婚なさる前には歌っていらしたそうですよ、その手の……。

年かさの娘が汚れた皿やら食卓周りのあれこれを危なっかしく盆に積み上げて戻ってきたので内緒の話は沙汰やみとなった。彼女の後からはアイリスと白百合の束をひと抱え、その顔もすっかり隠れてしまうほどの束の陰から例の召使いが姿をちらつかせ、ピアニストが飲食を済ませたことを確かめるとコーヒーが欲しいかどうか尋ねる、が、その声音はぼちぼち退散すべき汐どきを告げている。彼はこれといって誰にともなく「では今夜はこれにて《ツエナス・ノチェス》」と発した。外套と帽子とは手回しよく勝手口で彼を待っていた。

扉を開け表に出るや、深々とひと息。ポケットの内に黄桃色の紙片を探すといま一度読み直した。「マエストロ、『フラーゲ・ニヒト・ヴァルム』をお願い。」だが彼の想いは別の方向へとたゆたい、リクエストの主に至り得る想像の縦糸横糸が織り上げる筋書きを追うのはすっかり後回しにした。下宿まで歩いて戻った。人気のない、静寂の支配する通りを歩みつつ、彼は夢から覚めたような心持ち、ぐるぐると目の回るような幻影やら居心地の悪さともども己れを責め立てるその夢に、もしかしたらぐったりさせられたのかもしれなかった。慰めを得られるものが大して残っているとは期待もせず、ひと息彼は生真面目に吸い込んだが、鼻を駆け上る冷気といえばひたすら夜気のみであった。

＊＊＊

数ヵ月の間、三度目の依頼を受け取るのではないかとの考えが足繁く彼の許を訪れた。世人の知るしきたりの命ずるところ、運命の呼び声は三度と決まっていた——願いは三つまで、舞台への出番を告げるノックもきっかり三度。ある日の午後、スタインウェイの蓋を開けると、折り畳まれた黄桃色の紙片がそこに、それはどう見ても継ぎ目の狭い溝から挿し込まれたもの、というのもいったんピアノの蓋が閉まるとこのくらい薄い紙葉でなければ中に滑り込めるはずはなかったからである。期待に胸を高鳴らせ、不安に慄き、だが紙片を開いた自分を待っていたのはただの白紙、ままよと裏返してみてもやはり何も、一語すら、ひと筋の線すら記されてはいなかった。機械的な仕草でそれをポケットにしまい、昼下がり最初の一曲に彼は「Es gibt nur einmal ただ一度だけ」を選んだが、ウィーンを彷彿とさせるその旋律、行進曲めいた雰囲気が帝国の郷愁を掻き立てるがゆえに、この曲を演奏するといつも彼は落ち着かず、その日も道理を振り捨て、白紙のまま紙片を残した人物に反駁する気になっていた。たちの悪い冗談を寄越した下手人が誰なのか何の手がかりも得られぬまま夜の部も次々と曲は流れた、いやきっとベルリンからの落人たるこの身の上をからかうつもりのウィーンっ子が下手人に違いないのだが……。

ひとしきり続くラテン曲のポプリのさなか、「フレネシ」から「ペルフィディア」へ移ろうというところで彼はラジオ・ベルグラノの副局長、何ヵ月か前に知己を得ていた人物の到着に気づいた。顔いっぱいの笑みとともに会釈を送ると、着いたばかりの先方も挨拶を返してくれた。副局長はひどく若い、栗色の髪に透き通るような色白の女性を伴っていた。休憩の折、手招きされた彼は二人の席に赴き、その見知らぬ若い女性の手に接吻した。もちろん世界のこちら側では滅多に見かけられぬ作法であって、朴訥そのものの若い娘だったらまさかそんなふうに挨拶されようとは思いもよらず、お蔭で殊の外やんごとなき後光の主と値踏みしてくれるのが相場となり、一度など「さすがに欧州の紳士《ガラン》ならでは」とのお墨付きまで耳にした。ところが今回、こちらが恭しく礼を尽くした相手はにこりともせず彼を眼差すのみ、もしその顔立ちから何か表情を読み取れるとすればそれはへつらいではなく、強いて言えば気を許すまいという意志だった。同席したほんの数分のうちに得た娘の印象、無口な、いや小心なというべきか、それを彼は胸にしまうことになる、もっともその両の眼にひらり、野心からも遺恨からも無縁ではない閃光がときおり瞬くのであったが。

控室での待機と後回し扱いに慣れた身には、親切なそぶりなど期待できないはずのその知人がもたらした提案を前に、まさかそんなことのあるはずはない、とすぐには信じられない自分自身を制することが先決だった――彼を独奏者《ソリスト》として世に送り出してくれるという、毎週月曜二十三時、仮とはいえその名も「郷愁の欧羅巴」と題する番組で。本心を偽りその気もない振りをするほど自惚れではなかった。その日はまだ時間が早く、店からの「よしみのボウル」はピアノの上に登場しておらず、話を聞いて自然と前のめりになったのは化学反応の刺激が強く働いたせいではなかった。己れの得意曲目を「より広汎な聴衆の耳に届ける」好機が呈示されたことをありがたく思い礼を述べた。大衆に人気を博すラジオ局の副局長は加えて、ピアノ演奏の曲と曲の合間には今ここに同席している若き女優の朗読する（「欧州の大都市ここかしこを思い起こさせるロマンティックにして名画よろしく、情感たっぷりの演出」）詩文を挟むのだと説明した。

――将来有望な娘なんだよ――翌日のこと副局長室で改めて彼に告げるだろう――マガルディが全国巡業の途上に彼女を見つけ出して首都へ連れ帰ってきたというわけだ……舞台ではまあそれほどぱっとした役はもらえていないんだがチャス・デ・クルスの奴が映画の端役の口をかけてやってね、クアルトゥッチと共演することになってる。ラジオではさてどんな評判を取るか見てみようじゃないか……。

副局長室で示され、そして彼がそそくさと署名した書類はたった一ヵ月きりの契約書だった。それでも友人たちからの借金を返し、洋服簞笥の中身を少しは新調し、ドニャ・ピラルが向けてくる不信の入り混じった目をなだめるには足りよう、とこれほどささやかな目標以外に彼が胸に抱き得る大志といえば、演奏に満足した広告主たちが契約延長を考えてくれることだけだった。だが、問題の番組制作にとり音楽は単なる添えものに過ぎないと了解するまでに長くはかからなかった——要は件《くだん》の娘、剣呑にして同時に愛想のよい、実際は彼女のうちに我の強さを、ほとんど包み隠す気もない我の強さを彼も見抜いていたが、その娘に機会を与えるためのお膳立て。マイクロフォンからは距離を置き己れを輝かせる術を知る姿は、人生の早い時期にくぐり抜けた窮状や辱めによって損なわれぬ清新さを湛え、恐るべき金属の物体を前にするや持って生まれた性質はどこかへ消し飛び、どこから見ても天涯孤独な身の上の娘が内に秘めた手に余るほどの衒いを開け放つのだった。

毎度月曜の真夜中には局を出たところに乗用車が一台彼女を待っている、それが彼の見慣れた場面となっていた。にもかかわらず、ある月曜、本来なら局の扉から何メートルもおかず控えているはずの黒光りする車体が見かけられず、彼は思い切って問うてみた、何なら車が到着するまでしばらく御一緒しましょうかと。

——車なんか待ってやしないわ——返ってきた答は切口上だったが、落胆の気配を繕い直そうとでもいうのか、改めてぎこちない笑みを足してみせた——もう私に運転手付きの車なんか回してくれないのよ。

彼は食事でもどうかと切り出し（「もしあまりにも粗末に映らなければ、ですが」）、「ボストン」での出番のない夜をつぶす先となっていたレストラン、もっとも気後れから「飯屋《ボリチェ》」と口走った、行きつけの食堂へ娘を誘った。彼女は機嫌よく応じた。

——ブエノス・アイレスに出てきたばかりの頃はこんな飯屋《ボリチェ》だってとても近寄れなかったわ——そう言う彼女は彼が口にした「ボリチェ」の発音を聞いたとおりに真似てみせた。

双方互いに頬を緩め、初めて両人の間を気のおけなさが一巡した。彼の推し量ってみるに、迎えの車が現われないことに代表される、情人の身の上に突如降って湧いた御難、それはついでに間違いなく仕事上の御難でもあるが、彼女が他の男たちをあしらう際決まって己れに課している用心深さの幾分かを、おそらくはこの何時間に限って、その御難がいったん脇へ置かせたのだろう。

二人してワインを一本空ける頃、思いがけず彼は娘がこう問うてくるのを耳にした——

——番組が終わったらどうなさるの？

答える代わり、逆に彼の方から、番組が続かない確証はあるのかを問い返した。ひとしきり、そのひとしきりが彼には延々長い時間に思われた、彼女は彼を眺めた、一歩も退かないあきらめの表情とともに。

――月末には終わり。どうこうする余地はなくてよ。

その確証がどこから来るものなのか、それを問いたいとは思わず、ただ、制服に身を包んだ運転手付きの送迎車の不在が説明になるのだろうと彼は直観した。

――貴男の弾くピアノはどこまでも哀感が込もっていますよね。――彼女は話題を変えたが、その声の調子は誠実にして気取りはなかった。――聴いているだけでわかります。ただ、何と言ったらいいかしら、貴男の音楽は万人向きではないような……。貴男のような、他所《よそ》から舞い下りた人たちだけに向けられていると言いたいわけではないのだけど……。ともかく、そのお齢で、難儀していらっしゃるとしたら、胸が痛みますわ……。

一瞬耳を疑ったものの彼は呑み込んだ、この娘っ子、こちらにびくんと同情の鼓動を催させたその相手が、実はこちらを憐れんでいたのだ。そればかりではない――両者を隔てる齢の差は三十歳に近いが、自分が気にかけないようにしていたその年齢差こそ、彼女がこちらへ向ける注意のいっとう前面にこれでもかというほどあけすけに躍り出ていた。そのしき彼を揺さぶった感情は己れそのものながら矛盾し、何とか我を保とうと努めたものの甲斐はなく、薬物に救いを求めたい、今夜でなければボストン店内はピアノの上、この指の届くところにある救いにすがりたいとの衝動がまるで電流の如く彼を貫いた。と、彼は悟った、これ以上は無理だと、この世界にお目見えしたての薄幸の少女を慰める事情通の殿方を演じ続けることなど、たとえそんなつもりはなかったにしても演じかけていたその役におよそ自分は力不足であることが如実に浮かび上がっていた。両の瞳に一点の曇りなく、幻想に惑わされる余地なきこの新人の少女はこちらが体現してみせていたはずの役回りを軽々と越え、その向こうにいる男の姿を見透かしていた。何か、何でもよいから何か言わねば、との想いに駆られた。さんざん努力の末ようやっと口許に微笑を浮かせるに至ったものの、それは間違いなく苦い笑いと化していた、が、もはや彼には取り繕うことなどどうでもよくなっていた。他人ごとのように自分がこう答えるのが聞こえた——

——さあね、ドイツへ戻ることにでもしようか……。

＊＊＊

一九三七年七月二十二日、ブエノス・アイレスのC埠頭からドイツ籍貨客船ゴンツェンハイム号はブレーメンを指して岸壁を蹴った。三等船室の乗客名簿に「ユルゲン・リュッティンク　職業　音楽家」の一行があった。

神話のうちには死を突如やってくる出来事、つまり生命の存否を分ける一瞬の、何の断わりもなく到来する移行とはみなさないものがある。死はむしろ旅、一種の象徴的な旅路を表象し、剝奪にして習得の課程と解され得る。

こう想い描くことも可能だ、つまり死と呼ばれる移行をくぐり抜ける間、夜の海には運任せに漂う島々が、意識の断片、思い出、耳に残るあの声この声、目に残るこの情景あの情景、生命の灯消えゆく実存を支える手がかりが、まだ息づいており、それはちょうど旅人がほんのいっとき、我々人間の道具立てでは測りようのない漠たるいっときしがみつく、行きずりの行李鞄とでもいうべきもの。

旅人が己れの人生において決定的だとみなしてもよかったこの場面あの瞬間、それがそうした時のあぶくのような島々に漂着し永らえてくれることを匂わせるものは何もない——島々に寄りつくのはせいぜい難破船の流木にすぎない。名指そうとするはしから散ってゆくそうした残骸のうちに、この世を去る誰かの肖像を拾い上げられると期待するなど無駄なことだろう。おそらくは砕け散ったばらばらの、使いものにならない水屑《みくず》というそのありようこそ、難破船の残骸をたまさか覗き見るかもしれない見物人の注意を奪うのだろうか、いるかどうか定かではない見物人、その目に映るのは——ちぎられずたずたにされた物語の断片、ジグソーパズルの、もはや決して完成に至るはずなきパズルの、孤島のように離れ離れのピース、決して組み上がることのない欠片《かけら》たち。

湖上に暁を望む

Vista del amanecer sobre un lago

さっき自室の扉を閉め、廊下を後にし、そしてそれから、夜を徹してじっと弱い光を投げる灯明が照らし出す階段室をも後にしたときと同じく秘めやかに、女は扉を開けた。足を踏み入れるに気は抜けなかった。彼女にあてがわれた居室とは違い、そこはスイートに続く控えの間だった。頭上に弧を描く拱廊に沿いつつ目に入る小ぶりの居間は人の痕跡をすっかり剝ぎ取られ、半開きの扉が一枚、患者が眠っているはずの次の間との節度を、然かるべく保っていた。その扉をそうっと押し開けようとして、僅かに躊躇した。

ねずみ色がかった光がちらちらと瞬きながら照らし出す寝台の上に、ほとんど肉の落ちた体軀が臥せっていた。つけっ放しの、だが無音のテレビ画面が光源だった。数多延びる医療ケーブルやらチューブやらがその体軀を点滴棒から下がる袋に繫ぎ、その袋からは悠長にもぽたり、またぽたり、うっかり触れば途端に砕け散りかねない生命を引き延ばす任務を負った内容物が流れ落ちるのだったが、チューブ類が何本も交錯するあまり、患者の両耳からイヤホンの、見分けがたい筋が流れ出ていることに、女はすぐには気づかなかった。

テレビ画面には、どこの湖か、水面から立ち昇るらしき靄を背景に、こってりと厚化粧に身を固めた人物たちが音のない動作だけを見せていた。女は患者の目のありかを探した。両の窪みが影をさらに深々とくぼませるその奥に、かつては瞼であったところの皺だらけの皮膜に覆い尽くされそうになりながらも、それらは閉じられてはいなかった。表情というものをとことん欠き、画面に釘づけのまま。

女は歩を進め、椅子に身を預けた。患者は彼女の到着に気づいていない風だった。ひとしきり長い沈黙の間を措いて彼が幾ばくか言葉を発したとき、その声は思いの外しっかりしていた。

——貴女が新任の看護婦？

女は返事をしなかった。画面に目をおよがせるとそこには怪物が、おそらく神話の世界の怪物が、宝石を飾り立てオペラの舞台化粧をなお際立たせる相貌の主たちの周りに、浮かび上がってはまた消えた。きっと歌手たちに違いない、彼女の目にはグロテスクなパントマイムと映るそれも、相応の音楽と歌唱とを伴えば立派に存在を正当化されるはず、そう彼女は納得した。患者が問いを発するまで再びひとしきり長い沈黙が推移した——

——以前お会いしてます？

その瞬間、初めて、両者の視線が合った。彼女は即座には答えなかった。答えるに至ったとき、その声は患者のものほど堅固ではないまでも生気に満ちた人のそれ、とはいえ一語一語探り当てながらの発語に苦労した。

——さあどうかしら。そうかもしれません。マルシア、エンリケ、マルコス、メルセデス、クララ……こうした名前に何かお心当たりでも？

患者の視線は再び物言わぬ画面へ戻った。答の代わりに別の問いを持ち出すまで時間をかけた。

——なぜ私にスペイン語で話しかけるのかね？

思わず彼女は笑みをこぼした——男がそれまでフランス語を話していたことに気づかずにいた。

——なぜって、おわかりになるのを承知していますから。なぜってスペイン語をお話しになっていたから。二十五年前、ブエノス・アイレスでは。

笑いが、咳と痙攣とにすぐさま追い立てられつつも、激しく患者を揺さぶった。

――それでこの私が、二十五年前には何者だったと？

続く沈黙は気まずいそれだった。既に言葉を交わし合い、何らかの接触は成立したのちだった、とすると、さて改めての沈黙はひたすら話すまいとの意思を示すものにしかならない。二人は二人して、宝石に付け毛に金襴緞子に呑み込まれそうないで立ちの、だが画面上に虚しく唇を動かすだけの人物たちを凝視する行為に逃げ場を確保した。

ややあって女は感知した、患者の両目がもはやテレビではなくひたと彼女に向けられていることを。視線を投げ返すなり驚かされた、疲弊そのものの眼がこんなにも厳しく強烈であり得るのかと、ちょうどすべてを剝ぎ取られたその体軀から凛とした声が発せられるのと同様に。

――アルゼンチンから来られたわけか？

――いいえ、もう長いことジュネーヴ暮らしです。

――それなのに今、俄かに、この私を見て何者かを認めたと思うとは……一体誰を？

若かりし日の恋人かね？

答える前に彼女は溜息をついた。

――そう単純じゃありません。貴方は写真を撮らせない。そして三年毎に顔を変えるとどこかで読みましたよ。

――私はすこぶる果報者さ。忘却の術が身についているんだ。顔を新しくするたびに記憶もきれいになる。やってみたらいい。

言葉の各々は自信を滲ませているが、その言葉を紡ぐ声は機械的にして表情に乏しかった。さらに続ける――

――どこかで読んだとは、一体またどこで？　私は裕福だが影に回る人間だから、名前を出すことなど滅多にない。誰も話など聞きに来ないし、誰も私に関してわざわざ何か書こうなどとは企てない。

女には、そこそこの満足を覚えている自分をごまかす手立てがなかった。

――興信所に金をやって調べさせました、コンスタンツ湖でヘンデルのオペラ「アルチーナ」を上演する企画の裏に、一体誰がいるのかを。

患者がその言に心を動かされた風はなかった。

――それで支払った金に見合うだけの耳寄りな話を何か得られたのかな？

――確証はないわ。でもたぶんそれなりに。わかったことは、スイス連邦の諸法の要求するところは十年なのに、ロナール・デュパルク氏がたった五年ヴォー県に居住しただけでスイス国籍を取れたこと。一九七七年当地に到着するやパナマ旅券を用いて事に及んだこと。その際スイス・ユニオン銀行とクレディ・スイスにいくら預けたか、その額は銀行秘密に守られていること。二年前、また別の変名を用いてオペラの祭典を企画制作する財団を発足させ、その最初のお目見えがこの夏の祭典であること。

患者はすぐには口を開かなかった。耳に新たな続報を待つかのようだったが、続きはやって来なかった。

——それだけかね？

——私には充分すぎます。銀行秘密に偽名の数々、金で手に入れた身分証明書だけでは不足かもしれない。世人というのはさして大事とは映らない些事に、度重なる整形のお蔭でうやむやになった顔を明かすことと比べたらあまりにも内緒事と見える、取るに足らない何かによって、足許をすくわれるものよ。

——それでその顔ときたら、貴女の知っている誰かの、貴女のお探しの顔らしいと……

——探してなんかいないわ。彼のことはとうに忘れたと思っていた。彼を知っていた、もしくは知っているつもりだった、でもそれは私も別の私だった頃の話。

かすかに頬を緩めてみせるがそこに歓びの色はなく、すぐさま付け加えた——

——私には整形外科医は不要。歳月がひとりでに仕事をしてくれたわ。

患者はまたもや続く言葉を待ったが、無駄だった。答を迫った——

——それでその相手だが、思うに、貴女は何か重大な一件でその相手を咎め立てている。

——説明のしようがないわ。せっかく彼をすっかり忘れ切っていたのに。もう随分前なら正確なところをお答えできたでしょうよ。あれもこれも——ある誘拐計画を実行して身代金を仲間に……おめでたい烏合の衆に渡すはずの身代金を持ち逃げして身を隠したとか、人質は実は片棒担ぎで、多国籍企業が支払う身代金を山分けするはずだったとも知ったわ。でも今さらそんなことはどうでもいい。おそらく彼を憎んだのよ、だって私たちのような間抜けじゃないと見せつけられたのだもの。それが今日、その当人を目の前にしてみると、また憎もうという気になるの、なぜって若かりし頃彼を憎んだ私は今また彼を憎むことで若返ったように感じられるのよ。

再び口を開いたとき、患者の声からは自我を消して話すアナウンサー風の平板な調子が失われていた。

——貴女は自分自身をまるで小説の登場人物のように分析している。実在の人間たちを使って貴女が自分の周囲に小説を織り上げても不思議はないね。実在の、たとえばこの私を使おうというんだろう。

——そんなこともありそうね。でも私は偶然に賭けるわ。さんざ昔に知り合った相手はね、当時の私たちに誠実そのものと見えたイデオロギー的高揚からは距離を置く、ある情熱の主だった、秘められた情熱と言うべきかどうか、ともかくやたらと人に言いふらしたりはしなかった。ある晩、浮かれ騒ぎと熱気に押されて油断したのね。あるオペラ作品について口を滑らせた、もっと言えば当時はほとんど忘れ去られていたオペラを上演してみせる夢、しかも当たり前の舞台をしつらえてではなく、どこかの島か湖のほとりか、大自然を拝借しての上演というわけ。二ヵ月前見かけた夏の祭典のポスターにまさか拾い上げるなんて、オペラのあの題名、作曲者の名前、自分の記憶の一体どこに奥深く眠っていたのやら、昔々聞かされたあの構想がそこに並んでいたのよ。

――そんな馬鹿げた。オペラ好きの活動家だって？

「活動家」なんて単語を口にした覚えはないわ。

――貴女の口ぶりの端々に、その郷愁に、幻滅に、見たくもないものには目をつぶる頑迷さに自ずと示されているさ。その上ここへ来てこの私をその裏切り者に仕立て上げたいときている。私を殺したいのか？　この男を殺せば自分の若さを取り戻せるとでも信じているのか？

――興信所が貴方の入院日を知らせて寄越したの。この病院を選んだのは貴方に近づくため。殺すつもりだったかどうかはわからない。

――貴女は自分の世界観に呼応するメロドラマを生きている。情けないことだが人生というのは大抵皮肉なものだ。この私が今ここにいるのは何度目かの整形手術を受けるため、そう敢えて信じてみよう。実のところは死にかけの身、それも至極ありきたりの癌に冒されて。

ひと呼吸おいてから付け加える――

――今回もまた、お仲間たちがやはりそうだったように、貴女は来るのが遅すぎたし、間違っている上に現実に何の足跡も残せない。

再び笑いが咳のほとばしり、そして痙攣を招き寄せた。彼女は男の全身がひくつくさまを気のない様子で見守った。

――貴方を殺したって積年の借りを返してもらえるわけじゃないし、第一かつて借りが存在したなら、とうに忘却の彼方よ。でも殺してやりたい、それはいつも思っていたわ。これまでのところ手を下さなかったのは監獄行きなんか御免だったから。今では、この世界のなれの果てにしがみ続ける理由などろくすっぽ残っていないように思えるのだけど。手を出せずに来た贅沢をぼちぼち自分に許す時点なのかも。

――もっともらしい理由づけもなく？　もう「新しい人間」を世に送り出すというのでも、より公正な社会を期してでもなく、お天道様に顔向けしながら人を殺めてもよろしいとお墨付きをくれていた大義とやらはすっかり退場してしまったのに？　貴女の勇気には感服だ。まさか子持ちではなかろうね、数多の女たちのように母のためと言って子に武器を握らせるべく背中を押してやしないだろうね、死んだ子供のお蔭で新聞に持ち上げられるような母親でもあるまいし……。貴女は自分の憎しみを引き受けようとしている、人殺しの衝動をも、気持ちの上でそれを引き止めるものなんかない。称賛に値する。

予期せざる力強い仕草とともに患者はイヤホンを引き抜き、リモコンのボタンを押した。音楽と歌唱とが二人を黙らせた。

緑の草地《ヴェルディ・プラティ》、心洗われる原初の森《セルヴェ・アメネ》、
汝らは美を失うであろう《ペルデレテ・ラ・ベルタ》

——武器を買うのに充てる金でこういうこともできるわけだ——その言葉は宣告よろしく響いた——言ったろう、遅すぎたと。死にかけの、芸術に金を出しても表には出たがらない男をひとり殺すだけだ、古色蒼然とした今どき誰も興味を覚えないさっきの話のあれこれとは縁もゆかりもないというのに。

再び笑いが弾けた、いや咳込んだのかもしれない。

——神に先を越されたね。

女は暫し微動だにしなかった。我に返ったときには途方もない疲労感に打ちのめされたかに見えた。戸口の方へ向かったが立ち止まり、患者の方を振り返る、遅まきながら浮かんだ考えが彼女をふとかすったかのように。

――でも……私は一度だって神を信じたことなんかないのに……。

慌てず急がず、かといって後ろ髪を引かれるでもなく、手許の狂いもなくありったけのチューブを医療ケーブルを、引き抜いた、患者の静脈を生存維持の源に繋ぎ留めているそれらを。男は女の動作を見守るだけで反応しない。無機質なその両目の奥に、彼女は恐怖も恨みも読み取らなかった。何分かそのまま男を眼差していた、生が彼を見放す兆候を待ち受けてでもいるかのように、だが何ひとつ、顔の引きつりひとつ、呻き声のひとつとて、待ちに待った瞬間を告げ来るものはなかった。その挙句、彼女をそれと視ることなくただ虚ろに向かい合うだけの両の眼、そこに架かる冷たい瞼に二本の指を添え引き下ろすしかなかった。

自室に戻り窓を開けると、そこからは薄べったいバルコニーに出られるようになっていた。夜は白み始めていた。気の早い夏の朝が清々しいそよ風とともに目を覚まし、風に乗って科《しな》の木や忍冬《すいかずら》の香気も彼女の許に届いた。深々と息を吸い込んだ。数ヵ月ぶり、ひょっとすると数年ぶりかもしれない、自らに安堵の気持ちを覚えた。看護服の肩に羽織ったコートの前を合わせ、ゆるゆると明ける夜を暫く眺めやった。湖上には、霧に包まれ音もなく進む漕ぎ手の姿が見えた。あひるや鴎の上げる啼き声を聴き分けた。その脳裡に回帰したのは少女のころ目にしたもの耳にした声、昔日の、本人にしてみれば間違いなく長いこと去来することのなかった過去。哀しみをもたらすこともなければ今さら何かを明かすこともなかった。生温かい誰かの膝に身を委ねるかのようにその思い出に逃げ込んだ。そう、そこにならば安んじようがありそうなものだと。

ブダペスト

Budapest

空港で彼を待っていた借り上げ車輌の運転手は、発音しようにもできないばかりにダビ・レルマンが行き先を書きつけたカードを見せると、さっと目を走らせた。あれこれ評する代わり、町なかを通り抜けたいか、それともそれは避けたいか、と訊いてくるだけだった。ダビは町なかを抜ける方を採った。二つ目の問いは、ドナウ河沿いを走りたいか、それとも英雄たちの広場のあたりを通りたいか。今回ダビは後者を選んだ。「おみごと《シェーン》！」と頬を緩ませ呟く運転手。両者に意思疎通を許すよちよち歩きのドイツ語で、そっちの方がずっと遠回り、たぶん絵になる風景にも恵まれない、けれどよほど面白い経路だと説明した。

運転手は三十歳そこそこのはず、だが両親の語り草ともども受け継いだこと間違いない、その場に居合わせた立派な大人ならではの眼差しを添え、我が世に先立つ逸話をあれこれ呼び出してみせた。ダビは相手に明かしたくなかった、母親が逸話の町生まれであること、九三八年にはその町を捨て、両親に連れられアルゼンチンへ渡り、彼女はそこで結婚しダビが生まれることになる経緯を。かくして二月の不可視の太陽が照らし出す青ざめた都会の景観を見出したが、それは上から幾重にも被せられた幻影を濾紙代わりに漉し出された姿だった――記憶という名のX線が彼には生まれ故郷を後にした女性の幼い日々の思い出を黙って返してくれ、と同時に運転手の方は通りごと広場ごと、後年訪れる歴史の動乱をそこここに読み取ってゆく一種の重ね書き羊皮紙《パリンプセスト》。

――あそこ！　左手の、柱の列の裏！　あそこにスターリンのどでかい像があったさ。五六年の蜂起の時に引き倒されたんだ。それなのに、ソ連の戦車がやって来て弾圧を食らっても、万国人民のおやっさんをそこに据え直そうなんて誰も企てなかったね……。英雄たちの広場にスターリンだとさ。やり過ぎもいいところだったさ……。

翻ってダビは右手に豪壮なるハプスブルク様式を誇るセーチェーニ温泉、母が少女の頃によく通い、人口波の立つプールで遊んだという浴場の建物を認めていた。いやそれともマルギット島でのことだったか？　母の昔話には別のプールも登場し、そちらではきんきらの照明と機械仕掛けの泡がまるでシャンパン風呂に入っているかの幻想を抱かせようとしていた……。そう言えばどこかで読んだことがある、とダビは想い起こした、ハリウッドの名匠や大物プロデューサーの多くがハンガリー出身だと、なるほどそれもむべなるかな、彼にはそう思われた、ハンガリーと称する領域が装飾美を発明することにかけて、虚構を現実に忍び込ませることにかけて、あれほど才に恵まれていた往時に育っていたならば。

車はアンドラーシ通り（一時スターリン大路と呼ばれたこともあれば人民共和国大路と呼ばれたこともあった、もっとも人は決してそんな名を口にしなかったが）のあたりをのろのろと進んでいた。通りに面する建物の顔《ファサード》は汚れを拭いもせず張り替えられてもおらず、一九五六年十月に受けた衝撃をそのまま見せつける道を採っていた。コダーイ円形広場《クルンド》だったかオクトゴンだったかのぐるりでは、一部をもがれたバルコニーやらマジョリカ焼き多色タイルの破片やらが、ダビには古傷を古傷として引き受ける潔さ、上っ面だけの移植、たとえば既に昔日のものとなったドイツの「奇跡」が押しつけた類のそれだが、整形を施し古傷を消し去ろうなどと思わない潔さの放っておいても滲み出る好例と映った。

運転手はようやっと橋にまで行きつき、国を越えて展開するその手のホテルの顔をひとつも拝まずにドナウを渡り切ったが、ここ十年ばかりのうちにご立派なおできの如く発症したその手のホテルときたら、鋼鉄とガラスの巨塊と言うべきだった。ところがテレーズ通りへ回ると、ダビの見間違いでなければマクドナルドが鉄道の駅に隣り合うアール・ヌーヴォーの幕屋に居ついてしまっていた。

——西駅のビュッフェだったですよ——疲れ知らずの運転手が御注進に及んだ——ぼろぼろだったのに再建資金がなかったんで。本来の姿をそのまま留めさせる約束と引き換えに市がマクドナルドに譲ったんですよ。

巨大な黄色い文字、内側から明るく照らし出されるチェーン店の頭文字だけは例外なのか、そうダビは思った。が、世の中には黙っている方が賢明な事柄もある、と弁えてはいた。河を横切る折、桟橋を見やったがそれは溶け残りの雪に沈んでおり、裸の樹木の影絵のような姿は白黒の素描へと転じ、河の流れが死体を流し去ってくれるのを期待して水辺に息の根を止められたユダヤ人たちのことも思い出され（どこで読んだのだったか？）たが、これまた己れの胸のうちにしまい込むのだった。一九四四年の暮れのことだったろうか？　所詮彼もまた自分には縁遠い物語を、おそらくあの運転手にとっては与り知らぬ、あるいは自分の管轄ではない過去というものが呈するおぼろげな岸辺の向こうに押しやってしまっているところの物語を託された容れ物に過ぎない、そう自らに言い聞かせた。

ブダの高台の方へと車は登ってゆくところだった。砦の向こうにはペストばかりか都市丸ごとがダビの前に姿を現わしたが、それはどこからひねり出したやら、庭園王宮橋梁をふんだんに盛りつけた舞台装置の縮小模型《マケット》よろしく歴史上これといって特定の時期に応じているわけではなく、またもや彼の脳裡にはその都をハリウッドと結びつける隠れた系図が浮かび上がるのだった。

＊＊＊

三週間前のこと、シリア系コロンビア人一族の会社がヌーシャテルに有する画廊の采配を表向きの事業とするJ＝M・アンリオットが、クラマール村の彼のアトリエへその定期的な来訪をいま一度重ねたい、そう言ってきたのを迎えていた。

当初はそれまでの折と何ら違わなかった——戸口ではまずトロイの伝令並みに声高な挨拶、次いで芝居がかった抱擁、そのまま厨房へ歩を進めコニャック壜とグラスを手に取るのも勝手知ったる振舞いだった。その先、J＝Mは肘かけ椅子に身を投げ、順序はその時々に応じて変わるものの、気前よく注がれた杯を空け、内ポケットから奇術師の仕草とともに封筒を取り出し、ダビの足許にここぞとばかり落としてみせるのが常だった。片や足許に封筒を投げ出された側が訪問客の目の前にかがんで拾ってみせはしないというのもお約束だった——拾うのは後回し、他人の目がなくなってから、それでいて中身が何か申し立てのタネとなるようなことはまずなかった――スイスの口座への振込通知は大抵取り決め通りの数字を呈していた。

続く手順にJ＝Mは仕事の進み具合を報告させた――原画から模写へと移行中の一件、原画はスイスにとどまり、模写の方が原画所有主の手に返される。（この種の裏工作が取り沙汰されるのを初めて耳にしたときのことを思い出すとダビはにやつくのを止められなかった――芸術後援者としてラ・プラタ両岸に知られる左翼文士が得意とした策だそうで、彼のフィガリ・コレクションとやらはかかる処方箋の教えに即して成り立っていた。）ダビが自前の絵を描かなくなってから相当の歳月が経っていた……。ある日感じ取ったような気がしたのだ、彼の前でポーズを取るモデルたちには見られない不信の念、恐れの色が絵の中の人物、彼が描き出す被造物の眼差しには宿っていると。ヘンリー・ジェイムズにつきもののどっちつかずの距離感、芸術が現実とその再現との間に引き入れる摑みどころのない距離は、彼の場合ただ妬みの表出にしか資することなきように思われ、さて妬みの表出は彼の肖像画を受け容れ難い代物へと変貌させ、絵に寒々とした、押し黙った落ち着かなさを――画家の落ち着かなさを――感染させていた。

こう悟ることは器量の小さい画家たちなら自尊心をくすぐられるかもしれないが、ダビの場合には自尊心を傷つけられ、両者の違いを署名なり本人ならではの印章なり画風の特徴として有無を言わせず押し出す力を殺がれた。模写に避難することでそれから逃げられると信じた彼は模写から贋作の世界へと連れ込まれた。

ついぞ自作によっては得られない額を今や偽のユトリロ、にせのヴラマンク、さらにはにせのヴァン＝ドンゲンが彼にもたらしていた。彼の手腕の及ぶ範囲が二級画家の世界であることには議論の余地なしだが、しかしその世界にあっては並ぶ者はなかった。おそらく自分の仕事に金を払う者たちへの軽蔑の念に鼓舞されてだろうが、いかさま作品を仕上げる勤勉さにかけては秀でていた。彼のアトリエには裏返しのまま壁を覆う数多の画布に囲まれ、たった一枚、彼自作の絵——ある若い女性の肖像——が訪問客に対峙し、尋問に及んでいた。J＝Mはそのモデルが誰なのか画家から聞き出すことに一度として成功しなかったが、明らかにその絵こそ、訪問のたび「で、いつになったらまた展覧会をする気になるのか？」と問いかけずにはいられなくする元凶にして、ダビはその言葉を礼儀というよりありあり得べきうまい儲け話を前にした物欲し気な兆候と理解していた。

さてその午後は、一枚のスライドが投影する描線と色彩そのままに、ダビが画布の上に置き直してあった風景をざっと検分すると（そして二、三週も経ずしてその似姿は完成しまずまずの出来栄えであろうと計算の上）、J＝Mは前代未聞の言葉を口にしていた。

——ブダペストへ出かける気はあるか？

ダビの目に驚きの色を見て取り、続けた。

——何てことはない。フリードリヒを一枚見に行かないかという話だ。

それから彼が語った話は行ったり来たり、たびたびあちこちつまずきながらだったが、つづめればこんなところだろう——ハンガリーの伯爵位をもつ女性がブダペストからそう遠くない納屋に共産主義体制の五十年間というもの隠しおおせたフリードリヒを一枚しまい込んでいる。

半世紀の間、主《あるじ》の死後国家の手に渡ったありとあらゆる私有財産の例にもれず、彼女の家も衰微の淵へと沈みゆき、その落ちぶれ方は絵になる域ならまだしも、むさ苦しさが勝っていた。それなのに大文字の歴史とやらはそれを説明する者たちがどれほどせっせと法則立てようとしようとも、そこそこサイコロ遊びをもよしとするものだ——集産主義を旨とする体制は女主人より早く寿命が弾け、八十三歳にして彼女はその資産の分割所有権を取り戻した。とともに税金も何倍にも膨らんで生き返り、財産保持に必要な費用が概算でもおよそ手に負えない額となることを知った。

辛うじて五十年を生き延びた僅かな知己のうちの誰かが彼女に、家具織物の類を売却するならミュンヘンかチューリヒの画廊に託すのがよいと助言し、一流どころよりは落ちるが中欧の某画伯の油絵とやらもついでにどうかと持ちかけた。フリードリヒを手放したくはなかった。泣く子も黙る必要の神が非情この上なく映る今となってはいつもの仲介業者にすがるわけにはゆかない、そう独白した。件《くだん》の絵は赤軍の一将軍の手に渡っていたが、ドイツの城からそれを奪い去った当の将軍がモスクワ芸術アカデミーへ財産目録を送るに際し報告に含めるのを省いていた。

（この取りこぼしに関しては種々の仮説が囁かれた――中でも飛び抜けて突飛な説は、将軍がひたすら己れの個人的趣味を追求し、私物として蒐集してしまったというもの、対して最も現実に近そうなのは、将軍による私物化までは一緒だが、彼が資本主義国との往来を今のうちから算段するに当たって、あるいは将来、ソ連邦といえど何がどう転ぶかは測り難く、世界の半分を構成するもう一方の陣営に最終的に身を落ち着けることを考えると、必要となるそこそこの資力をソ連当局に隠れて確保したかったのだろうとの見立てである。）

そのフリードリヒ、その絵を女伯爵に預けたのだろうか、競争相手から引き渡しを主張されたり無理矢理持って行かれたりすることのないように？　ともかく確かなのは、第二次世界大戦中「行方不明」作品（ミッシング・ワークス・オブ・アート）の一覧にいったん含まれるや、公衆の面前でこれを売買することはおよそ考えられない行為と化したことである。この種の混沌の只中でこそ、J＝Mの経験がモノを言い得る。ダビの任務は女伯爵を訪ね、画布の真贋をその目で確かめ、ヌーシャテルの画廊になら内密の作品売却を任せてよかろうとの信頼を老婦人に吹き込むところまでのはず。その後何が続くかダビは知っていた――いったんスイス側へ渡されると画布は「最高の水準と信頼度を誇る」専門家たちの鑑定を経て同時代の模写作品にすぎないと宣言され、次にダビの入念な仕事のお蔭でハンガリーへは原画ではなく模写が返却されて女伯爵に残された黄昏の日々を慰めることになる。

ダビは話に乗ったのだった。

その晩、素性を明かさずにいる若い女性の肖像画を前に腰を下ろした彼は己れに問いかけた、衝動的に頷いてしまったのはうっとうしいJ＝Mの来訪をさっさと切り上げさせたかったからか、卑劣な行為の度合を一段更新するとともに懐具合をよくしたかったからか（といっても彼のお気に入り作家のうちにドストエフスキーの名はなかった）、それとも母親の生まれた町を訪ねる機会が持ち上がり、ある種の好奇心に気を取られたからか、と。

目の前の肖像は例によって彼に解読不能の眼差しを譲り渡すばかり。「時の色」を映すと言われる類の瞳のように移ろいやすく、皮肉から蔑みへ、慈悲へ、恐れへと転位した。これらの感覚は虚構、単に彼がモデルのしかめ面の皺から、口許がつくる角度から、導き出す虚構に過ぎないことをダビは承知していたが、それでもそうした虚構の感覚と戯れることに飽かず、常に言い逃れに終わるものであれ、描かれた人物、その筆の生み落とした我が子が何か打ち明け話をしてくれないかと、詮索を繰り返した。

その絵を前に眠り込んでしまうのが常だった。

＊　＊　＊

問題のフリードリヒはこれ以上ないくらいフリードリヒらしい作品だった——画面には男がひとり、絵の鑑賞者には背を向け、黒いフロックコートをまとい、その髪は木々をしならせ奔流を激昂させる風にあおられ乱れ放題、断崖絶壁と今にも荒れ模様となりそうな空を背景に立っている。にもかかわらず、逆上そのものの自然からは観る者を慰撫するかの沈黙、画面とはちぐはぐな凪とでも言うべきものがこぼれ出ており、あたかも自然を画布の上に再現すると色を重ねてゆく作業が対象を遠ざけるなだめ役を演じ、冷静さから呼びさまされる情熱が湛える遠望をあてがって寄越すかのように。

ダビからそれなりの距離を置き、女伯爵は絵を検討中の彼を観察していた。抑制されながらも必死のその想い、その不信のほどは、ダビが自作の肖像画の何枚にも認めるそれと同じだった。果たして、彼女の肖像を描いたらいつもの過程が逆進し、老婦人の顔はありのままの表情を失い、代わりにこれまで湛えたことのない純真さを浮かべるのではないか、そう自問さえしてみた。雑に染められた頭髪からはところどころ白い房が覗き、残るマホガニー色に裏切りを仕掛けていた。着衣の黒に宝石の類は一切みられず、その顔を窮屈そうに覆う細かい皺を目立たせていた。余分な肉が骨格のみごとな描線をぼやけさせることも一切ない。両の瞳はらんらんと、隙もなく、若い猛禽類のそれを思わせた。

　二人が立ったままでいるたっぷりした広間の大窓は勢いの萎えた庭のありかを示していた。冬の午後の光は画布を照らすに充分ではなかったが、目に入る電灯は数える程もなく、しかも黄ばんだ光しか投げないと当たりをつけたダビは薄れゆく自然光の方を優先させた。――壁からはずして窓際に近づけてもよろしくてよ――そう持ちかける女伯爵《コンデサ》は世話好きというより尊大さが勝ち、彼女のフランス語はいまひとりの同類――セギュール伯爵夫人《コンデサ》――の小説の登場人物が話すフランス語を思わせた。

　ダビはその言に従った。もともとの絵の具に緑青が吹き、易々とは真似のできない釉の風情を一面に添えていた、とすると、この薄覆いが消えたのはお預りしている間に画面洗浄を施したからです、という話に仕立てる必要がありそうだ。しかし彼の意識にどっと押し寄せたのはそんなプロ意識からの配慮ではなかった。沈黙はかくも完璧、あるかなきかの家具に積もる埃は時が止まったかの静止ぶり、そのお蔭で彼は思いめぐらす、この女性は家族も使用人もおらずたったひとり、かつて、たとえついつい居付きたくなるような雰囲気ではないにしても堂々たる威厳を誇ったはずのこの空間にひとりきり、たったひとりと思い知らされる。一体何をして過ごすのだろう？　郷愁に傾き切った女性とは見えなかった。

——一九四五年までエルフルトの公爵の城に存在を知られた作品です——訪問の経緯にたち返ると、彼は言った——その後、その行方は杳として知れない。

「その行方は杳として知れない」……ってまるで競売人のようなお口ぶり——女伯爵の笑いは甲高い鳥の啼き声のように響いた——思うに、多少の事情説明が必要でしょうね、もちろんまさか表沙汰にはされないという条件で。

ダビは自分の役回りを演ずる気になれず、疲れを覚えた。

——お望みでなければ何もおっしゃることはありません。このフリードリヒは貴女にとって何か意味のある、ひょっとすると大いに意味のある作品と見受けます。売却は御意ではないと思われますが。

——この期に及んで妙に子供っぽいことを。本意に反することをせざるを得ない立場へ追い込まれるのがまさしく大人につきものだとは、一度として学ばずにいらしたのかしら？　時代を問わず、どんな政府の下でもいつだってそうだとは？

ダビは絵を壁に戻した。窓から離れた壁に架け直されると、仄暗い陰は絵の青や灰色茶色と見分けがつかない。自分の声が自分のものではないかのように話すのが聞こえた。

――売るのはおやめなさい。美術館のなかには所有者が遺贈に同意すれば悪くない額を前払いしてくれるところもあります。美術館とでも、同様の条件を受ける用意のある蒐集家とでも、おつなぎすることはできますよ。でも手放すのはおやめなさい。

女伯爵は沈黙を守っていた。その眼差しに新たな閃きが、おやと心を動かされた兆しが覗き、頑なさを和らげ始めた。口を開くまでもうひと呼吸やり過ごした。

――こちらが思っていた種類の人とあなたは違うわね。

――おそらく送り出した側も貴女と面会すべき人間を送り間違えたのでは……。

ついさっき重くのしかかっていた疲労感がすっと消え去っていた。診断結果の挙げてきた病名があれほど恐れていたものではなかったことを明かされる病人のように、ダビはほとんど忘れかけていた活力を取り戻す気がした。

＊　＊　＊

半時間ばかりのち、昼の最後の光が辛うじて射し込む広間に、彼は女伯爵の険し気な立ち姿を横から見つめていた――窓を向こうにして切り取られるその姿もゆっくりと消えてゆく。老婦人の割れざらついた声が語り聞かせたのは（その場に居合わせたのは二人だけとはいえ、実のところ彼に向かって語っていたのかは定かでない)、エルフルト近郊の城でひとり遊びにふける少女、自分の遊ぶ部屋に架かる例の絵に何やら穏やかならぬものを覚える少女のことだった。一度ならず椅子に乗り、可能な限りの力を込めては絵を壁から離し、こちらに背を向ける男の顔を盗み見ようとしてみたが、暗く煤けた絵の裏を縦横に交差する布目よりほか影のあわいに浮かぶものはなかった。それから何年も経ずして知ることとなる、彼女とその母親とは城の一区画に住まっているだけで、主だった広間や賓客をも迎える表玄関は彼女たちの立入れない場所とされていたこと、いつの日か彼女が受け継ぐことになる爵位とは、むろん血統上は正統だが、貴人と賤民との契りの果実だったと……。「もっとも今どきゴータ名鑑ばりの陰口なんぞ誰の興味も引かないわ。」はるか下ってさらなる戦争をくぐり、そこで老年を迎えるに至る今の家にすっかり腰を落ちつけ、使用人たちと今ではすっかり見る影もない庭で獲れたかぶやキャベツをスープに仕立て、さあ皆してすすろうとしていたその時、エンジンの轟音が折り重なって彼らの食事の手を止めさせた——格子越し、赤軍の乗り物が幾台も行軍途中に停車を決め込むのが見えた。礼儀を弁えた将軍が正確なドイツ語を操って説明したところによれば、「王宮」は赤軍部隊の宿舎として徴発されて然かるべしという。会話のやりとりは短くて足りた——「将軍はスノッブの気があり、私の爵位に感じ入ったのと、当時は私も若かったから、たぶん顔立ちもよかったのね」――部隊は別の宿営地を探しにやられ、将軍は残って女伯爵と食事をともにした。使用人たちはスープの残りともども厨房へ下がり、女主人とその客とは、ちょうど今ダビが聞き役に回っている当の広間で客が軍章入りの雑嚢から取り出したキャビアの缶を二つ開け、客の部下たちが町で差し押さえた焼き立てパンこそ、彼女にとっては食にまつわる遠い日々の思い出のうち最上の味がした。「偶然なんて存在しないものでね」、その、「どこへ出しても恥ずかしくない」ソ連の軍人はかつて美術史学徒であった上、何と占領地帯で「都合のつく」美術作品を目録にするようモスクワ芸術アカデミーから委託を受けていた。

――ここから先は大したことないの。後年、南米の某共和国に大使館付武官として赴任中、将軍は「自由を選択した」の、そうあの頃はそういう言い方がされたものよ。彼の個人コレクションの行き着いた先がチューリヒ。フリードリヒのこの絵は結局彼の宝の一部にならなかった――一九四七年からずっとここに留まったのよ。彼を説き伏せるのはそう難しくなかったわ、私には。

ダビは立ち上がった。辞去するに際し、女伯爵の手に接吻し、抑えた声で言った。

――この絵はここに留まるべきです、貴女がご存命の限りは。いや、その後も――どこであれ中欧の美術館に。お願いですから米国やら日本やらに流れて上がり、などということには……。

連絡を保ちますとの約束を繰り返すと、老婦人の、もはやそこから何事かを読み取るのは無理だった顔立ちに懐疑的な笑み、ほとんど情け心からの笑みと思われるものがちらりと浮かんだ。

今度は空港行きの車中の人として町を横切りつつあるダビ、期待に胸膨らむ若々しい精気はその彼を見放していなかった。あたりは暗く、ネオンサインが暗がりに光の糸を引くと見えてもまだやっと午後五時にしかならず、パリ行き七時の便には充分間に合いそうだった。道中どこでだったか運転手に車を停めさせたが、今日の運転手は仕事疲れから黙していた。ある単語をネオンの文字に見かけたように思い、まさか夢ではあるまいなと確かめたかった。車は脇道を、ダビの示唆する地点へと戻った。一瞬信じられずまごついたものの、彼は言葉もなく車を降り、アトラス像を彫り込んだ煤汚れの黒く目立つ柱に挟まれた車庫の扉をくぐり、規則正しくリズムを刻んで点滅する赤い文字の下へ迷い込んでゆく、その、赤い文字の描き出す店の名は——Bailongo。

＊　＊　＊

芝居の世界のしきたりでは三度床を打つ音が役者の登場を告げるが、まるで彼の入場がそれらしく響いたかの如く、ダビの目は、ありきたりの全体照明が消える前にとらえることができた、店内の慎ましやかな仕様と古びた装飾とを、つと光は袖のスポットライト何本かに入れ替わり、鏡の断片にくるまれた、目を逸らしようのない球体へと向かっていた。ミラーボールは回り始める、おそらく細い閃光の束に触れて生気を吹き込まれ、そしてその、水に映る影のような、逃げ足の速い反射光が今度は視界に入らぬ舞台裏から何組もの男女を誘い出し、降って湧くなり踊り出した彼らはたちまち踊り場を埋めた。対象を見失った光の振子がたまたま隅の方に達すると、小心者たち自信家たち、壁の花たち荒くれ者たちが待っている。ダビは喉まで出かかっている疑問の数々を堪え、錫の光るカウンターまで歩を進め、そこに肘をついた。バーマンがポマードで固めたとさかの下に作り笑いをぶら下げた。鏡を張った棚にはラベルの色も褪せた壜たちが、鏡のお蔭で何重にも目を惑わせる姿となってちらつく――サトウキビ酒のレギ、ウィスキーのオールド・スマッグラーが見てとれた。もっともらしい説明を編み出し得ぬうちに、否、そんなものは存在しないと了解し得ぬうちに、楽曲――それはハリー・ロイ風の一種のフォックス・トロットだった――はどんどんと遠のき、踊る男女たちは次の曲を待って動きを止めた。

　曲と曲の間は短かった。最初の幾小節《コンパス》かでアティリオ・スタンポーネ楽団の奏法による「酔いどれたち《ロス・マレアドス》」だと聴き分けたダビは、信じ難いものを信じ難いまま、当てにならない答を待ちわびもせず、ともかく今日の一夜が彼に授けてくれかねないところのものに身を委ねることにした。ひとりの娘の影が彼を指して歩み寄ってくる、それを遠くから、逆光のもと見分けたときも、もはや驚きはしなかった。彼女が彼の両腕の裡にところを得ると、他の男女はすっと踊り場を空け、二人は一言も交わすことなくステップを踏んだ。目の前のひどく若々しい顔に、彼がいつも読みつけていた苦悩の表情、あの肖像画、もう随分と昔、モデル亡き後、記憶を頼りに描き上げたあの肖像画から読み取らずにはいられなかった苦悩の表情は一切たどれなかった。彼女を胸に抱き寄せると、黒い着衣の下で乳首が尖るのを感じ取れ、彼は堰を切ろうとしている己れの欲望を感じてほしくてぴたりと彼女に張りついた。おそらくこのまま曲は終わることなく、おそらくこのまま彼女はこの長き夜を果てしなく、彼の腕に抱かれ続けることだろう。

＊＊＊

フランスの日刊紙のひとつとて、その報に関心を寄せなかった。ブエノス・アイレスの雑誌『向こうみず《エル・カチャファス》』のみがこれに数行を割いた。手の込んだ見出し（「幻の画家のラスト・タンゴ・イン・ブダペスト」）の下、短評がダビ・レルマンの死を伝えていた――「関係筋」によれば故人はハンガリーの首都のナイト・クラブにて死去（「某酌婦の腕の中で梗塞に襲われる」)。記事を読む身にああそうだったと思わせる、一九六〇年代には「新具象派」の重要画家としてその名を知られたレルマンだが、後年はぱったり作品の展示を止め、フランス在住と知られるのみ、正確な居住地は不明だった。

五四年の降誕祭　Navidad del 54

文士は立ち止まり、大統領そしてその亡き妻の、目新しくも巨大な肖像に見入った。御両人は、文字や数字がくるくると回転しては首都近郊へ向かう列車の発車番線を告げる案内板、仰ぎ見る高さのその両脇から吊り下がっていた。尊厳たっぷりにして情け深い空気を放つそれらの似姿こそ、駅構内を覆う夢遊病めいた気ぜわしさを上から司るのだった。己れを権力へと導いてくれた軍服を大統領が御真影用には出番なしと片づけたのはかれこれ相当前のこと、公式行事のレセプションや劇場の豪華興行などを報ずる記事がごく一時期盛んに伝えた燕尾服姿ももはやお蔵入り、背広にネクタイという何の変哲もないいで立ちが、大統領もまたその似姿の眼光の下を小走りに行き交う数多ある事務員小役人にとり紛れる一市民、一市民以外の何者たるわけでもない、と高らかに言いつのっていた。常々お世辞の的となってきた故人その人にふさわしく、奥方は眼差しと口許とに純真な笑みをうっすら浮かべていた。いつだったか外界から舞い込んだ女性記者の構えるカメラに謙虚さのかけらもなく晒して平気だった金の装身具だのミンクの毛皮だの、そんなものが今さら重々しく彼女を苛むことももはやありはしない。

　肖像を目にしたところで文士は傾倒も敵意も掻き立てられはしなかった。彼の無頓着の拠りどころは、外国人だからという条件など飛び越え、さらには先行き定かならぬ暮らし向きという高い代償と引き換えに保つ、政治への懐疑的態度をも飛び越え、この国に呼び覚まされる好奇心にあり、己れが亡命先とし、そして五四年の今そこを後にする決意のつかぬ国、逆説だらけのこの国のほとんどありとあらゆる側面に好奇心をくすぐられていた。第二次世界大戦は故都ウィーンを貧窮の底に突き落とし、右も左も東も西も見当のつかない、戦勝国という触れ込みの四ヵ国の軍隊に分断された都市として投げ出した。彼の旧友一同のうちでもエミグレとなる道を選ばなかった面々は新たに出現した世界の掟をどこかで察知しながらその同類となること能わず、退却地点に下がってようよう息をついていた。彼の許へ送られてくる手紙には、口には出さずともくっきりまざまざと、戻るなかれと促す招待状が見え隠れしていた。彼らの活動は低迷し、生存確認となる僅かばかりの信号にまで切り詰められたかと見えた——某紙文藝付録に載せてもらえた短いテクスト、若手のもてはやす無粋な人気者たちは目もくれない書き手が寄せてくれた言及、災厄を生き延びた者同士だから通じる共犯者が交わす目配せのような逸話、そうした兆候を頼りに何とか彼らは命脈尽き果てたと感じずに済んでいた。

駅舎の会堂《ホール》は耳を聾するが、うって変わってそこには感じ取れた、矛盾するがゆえに潑剌たる人間集団が、一次元の欲望によって動く、それでいて予見不能な人間集団がひくひくと躍り蠢くのを。英国覇権時代の建築は見る影もなく、建築を下支えした帝国同様見捨てられ、今ではお上りさんたち、磨いた銅のような肌と猜疑を宿す目の主たち、同じ貧しさといってもひと味違う貧しさを、同じ幻滅といってもいくぶんか誇れる幻滅を追いかけ洪水のように首都へと途切れなく押し寄せる彼らを包み込んでいた。さらには我が文士が新旧両大陸に見聞きし得た駅という駅の例にもれず、これといって何をしようというでもない若者、何にでも飛びつく若者、誘いにいくらでも応ずる構えの若者たちがここにも徘徊していた。

その場限りの盗みや何かしら甘言を弄しての毟りタカリに及ぶのは、そうはいってもその一部でしかなかった。大半の若者たちは手を替え品を替え持ちかけられる「御褒美」、ふだん足繁く出入りする先よりずっと格上のバーに連れて行ってもらえるという心付けの誘いを容れるのだった。なるほど進んでそう認めるには至らないものの、バーに集う見知らぬ面々の会話を彼らはとりわけ有難がるのだったが、そうした別世界をひょいと覗き込めば、自分たちには手の届かない体験の一端に目を開かされたもの、そしてよほどの世間知らずでなければ、ひたすらその若さと約束された明からさまな雄ぶりのみが、たとえ瞬きひとつの間に過ぎないといえど別の人生の存在を垣間見せてくれる、そう理解するのだった。

彼らの間に身を置き、彼らと交わってみて、文士は見出していた（たまさか訪れるエロスの奉仕の如何にかかわらず、なにぶん己れの懐に転がり込むかつかつの収入ではそう頻繁に許されるはずもなく）、些細な機微や意外さに富む親交というものを、彼と国を同じくする者たち、郷愁に浸りきり回想のヨーロッパならぬ感傷にむせぶヨーロッパの虜となり果てた者たちとの交友より快い同族意識《よしみ》を、あるいはまた彼がアルゼンチンに居ついていることを知りつつ敬意ある無関心を守るひと握りの現地知識人《クリオジョ》の態度より心安いものを。郷愁の輩たちがアレクサンダー・レルネット＝ホレーニアの新作小説をあれこれ取り沙汰しても彼はそれを読んでいなかったし、ラ・プラタ知識人たちは彼に「四七年組」の動向を教えてほしいと乞うのだが、彼からすればそれは無理な注文だった。

その夜、十二月の蒸し暑く息苦しい晩、駅舎の会堂《ホール》をひと回りしただけで二、三の顔見知りに行き合った。ひとりは空になってひとしきりの時が経つカップもそのままに「立ち飲みコーヒー」のカウンターに肘をつき、いまひとりは何やら最近の犯罪を表紙全面に採り上げる『実相はこうだ《アシ》』誌か『世界の出来事』誌かに関心を奪われている様子。彼らに微笑を、あるいはほとんど感知されない程度に軽く会釈を送ったのは、その場の流れにいささかも水を差さずに済ませたかったからだろう。それなのに、野放図にも巨大な肖像写真、頭を下げさせる力に劣る他者を誰彼なく蹴散らす例の二人の写真、それが彼の注意を引き留めてしまった。

　いま一度思いめぐらす、大衆とその大衆を手なづけたと信ずる者たちとを一つに結ぶ暗い絆、権力がその極と極の間を行き交うときの触知しようにも触知し得ない流れを。一九三八年のウィーンでは、ほんの何日か前まで何事にも心を動かされなかったひとりひとりが群れを成し、一大ヒドラを形造り、取るに足りない総統《フューラー》の到来を待望して揃って声を上げ無我夢中となるさまを目にしていた。それが今、このうら若き国、情緒に流されやすく冷笑屋という点は同じでも、帝国の過去、彼の故郷でなら開明派の皮肉に養分をやりもすれば平民の恨みをも育んだ帝国の過去なるものからは見放された孤児同然のこの国にあっては、家族関係が政治のそれを説明する型としても通用しそうに彼には思えるのだった――善良さを絵に描いたような父親と専制親父とが交互に現われては得意技の買収と懲罰とを繰り出し、母親はといえば、こと切れてのちも乳をふくませ続けることを忘れない伝説の母親像か、さもなければ現実には腹をいためて生んだ子を持たぬ母ならばこそ、母を求める声の主たち親に否定され切った者たちに「汝らは我が子なり」と宣言する母たち、そのどちらかなのだった。

こんな取りとめのない考えに身を任せてどれほどか、肩に置かれた手が彼の不意を衝いた。振り向くなりそこにカルリトスを、大地そのものの肌をした北部出の、突き出た頬骨と眠たげな瞳の主を認めた。ほぼ一年前、やはり夏の夜だった、彼を下宿の自室にこそこそと引き入れたのは、今夜同様その時も既に徴募兵の軍服を着込み、それが遅ればせながらの青春の魔力を浮き立たせていた。もっともその青春は、本人持ち前の気質とは縁遠い厳格な規律の尻に敷かれるしかなかったが。ところが今、彼の声の調子はすっかり変わっていた。

——ごめんなすって先生、あいにく今すぐここから退散なさるんが得策ですって。サツがトに来て張ってますって、しょっぴく命令を受けてね、少なくとも百人の……。

発語されるに到らなかった名詞は無音の世界が放つ幻めいた能弁さとない混ぜになって宙に浮いた——その青年の持つ、野にある花の繊細さがまたも示された、一年前ならサン・マルティン将軍の顔が見える紙幣を何枚か軍服のポケットへとしまい込みがてらウィーン育ちの聴覚に大そう快活に響く抑揚《アセント》ともども「旦那さん満足なすった?」と問いかけてきた青年。今宵、群衆の波間に紛れ込む前、文士は張り詰めた感謝の念いっぱいに無言で彼の手を握った、誰かの手を、別の空の下、別の捕物を免れた誰かの手を、そして米国演劇界で最近大当たりを取った戯曲の噂にはいまだ疎かろうが、己れもまたいつも見ず知らずの方のご好意に頼ってきたことを悟っていた。

＊＊＊

カルリトスはこの道の諸事万端をボネコ・ダ・シルバから習い覚えていた。徴兵の務めを果たすべく出頭した日、二人は歩兵第三連隊に割り振られ知り合った。早いだけが取柄の、ぞんざいだろうと気にしない床屋の手で丸刈りにされてゆく間、ボネコは自分の足許まわりに落ちる黄金の巻毛を冷ややかに眺めやり、「ひと月すれば元に戻るさ」と並んで毛を刈られている隣の羊に声をかけ、カルリトスが目を丸くし称賛を惜しまなかったのはさらにこう続けたからである——「で、ふた月したら俺は娑婆に舞い戻るさ……その筋を知ってるんでね……。」

虜囚の日々をともにしてそう何日もしないうちから両者の間に友情が頭をもたげた。土曜の外出日には埃っぽく葉を落とした枯木ばかりの広場のあたりを二人してぶらつき、ボネコが顎をしゃくって示す先には太った男がガリバルディ像の陰に汗の匂いを発散させていた。「あいつはな、二十分も付き合えば三日分のおまんまになる……。」カルリトスはその言の意味するところを呑み込めていなかったが、それから半時間も経ずして満面笑みを浮かべたボネコが再び姿を見せ「来いって《べニ》、おごってやるからさ」とのたまうと、ボネコへの称賛の念は否応なく猛然と膨らんだ。

ピッツァ一枚と一リットルのビールを前に、ボネコの舌を遮るものはなかった。カルリトスの知ることとなる小説まがいの世界、彼が泳ぎ始めたばかりの首都ブエノス・アイレス、その表皮を一枚めくれば細胞と細胞の隙間に稼動しているその世界は、しかも包み隠されているようでいてほとんどされていなかった。ボネコは「何でも御承知」――移ろい易い灰色のその瞳、ヴェネツィアン・ゴールドの巻毛が繰り出す後光、ペナルティ・キックを弾き損ねたせいでつぶれた鼻のお蔭で十六歳にして彼はリオのカーニバルに招かれる道を手にし、六ヵ月後に戻ってきた時には既にこの道の手ほどきをしてくれた後見人のことなど忘れ、源氏名《ノン・ド・ゲール》として取りおいてあった愛称を生かし、おばの家の屋根裏部屋を引き払い他所へ移れるくらいの蓄えを得ていた。さらに経験という蓄えはそれより一層重きをなし、持って生まれた賢明さに快活な性格も彼の魅力を十二分に花開かせるに手間取ることはなかった。ソノ・フィルム社の仕事をしていたある仕立屋が自分の物色の成果を得意気に某「お集まり《フィエスティタ》」の場へと連れて行ったのが端緒となり、その場を去る折には情報省次官の秘書官と連れ立って出て来るボネコの姿が見かけられた。次々とさらなる栄光の座に近づくローマ執政官ばりの名誉の出世行路《クルスス・オノレム》に立ちはだかるものは何もないと思いきや、何とも月並みな躓きの石が彼の行く手に割って入った——当時は性病と呼ばれていた類の疾病をすっかり治しきれていなかったのが災いして体制に仕える一役人の激怒を買う羽目となり、ものの何日も数えぬうちに、彼の青い手帖が恭しく擁していた電話番号のどれにかけてもただ言葉を濁す秘書たちが応対し、上司は目下手が離せないとか出張中だとか、果てはお名前に心当たりがないとの返事を寄越すばかりだった。かくて、彼の待望していた約束、米国のボクシング選手アーチー・ムーアを主賓とする内々の夜会に招かれる機会はついぞ現実のものとならなかった。

彼のような血統怪しき不死鳥がその灰の中から再び飛び立たんことを、カルリトスは一瞬たりとも疑わなかった。ボネコが世界を語るときの泰然とした態度、その世界に登場するお歴々たち、聞き手を唸らせるに違いないはずの、隅々までよくできた話の天晴れさを突き抜け常に高らかに謳われる自信のほどは、カルリトスにそう信じて疑わせなかった。さらには心寛き師匠でもあった——カルリトスに忠告してやっていたのだ、鉄道の駅に繁く出入りして自分を安売りしてはいけない、あるいは中心部の街角に位置するその手のカフェにもあまり行かない方がよい、そこは真夜中を過ぎても賑やかだけれど「界隈」では「安売り半端もの棚ざらえ」の店として通っているくらいだから。カルリトスは自分がいつもこうした助言に見合うほどお高いとは思われなかった。肌の色が濃く、身につける服は安物、地方出身者らしく引っ込み思案な性格の主とくれば、いくら親友に吹き込まれてもフリスコ・バルに足を踏み入れる気にはなれなかった。親友がリオに華々しくカムバックを果たそうと夢見るのをよそに、カルリトスの方は行ったらアカンとボネコに言われた場所のあちこちを、親友には打ち明けぬまま嗅ぎ回っていた——そうした場で知り合う面々各々は彼の社会的上昇に資するわけでもなければ彼の奉仕に王侯貴族並みの見返りをもたらすことも無理なのだが、彼らと一緒にいるのが天涯孤独の身には心地よく、彼らのお喋りに耳を貸すうち聞き役として傾ける気配りのほどが相手に評価されていることをも看て取っていた。

ある日彼は、気をつけろ、とボネコに告げられる、何でも（ボネコが「事情通」から仕入れたところによると）おめでたくも信じ易い一般大衆の頭にアルゼンチン共和国の風紀が危険に曝されているとの考えを叩き込むべく、派手な大捕物を演じよとの命令が警察に対し下されたという。大統領閣下にあらせられては（その時点では自らの統制下に置いていた日刊紙各紙から、ほんの数ヵ月後には「失脚した権力者」と名指されるようになるとはつゆとも思わず）全権掌握の万能感に酔い痴れてか、あるいは（諸説入り乱れるも）若年性耄碌症に襲われてか、ひと昔前には敵なしの昇龍の如き彼の出世を後押ししてくれていたカトリック教会、そのカトリック教会を向こうに回し、闘争の火ぶたを切って落とす肚《はら》を据えたのだった。

かかる闘争とやらの一角を、長いこと非合法扱いだった売春宿を再開させる策が占めていたが、その理屈はこうだった――若人の性教育に資すべし、百害ばかりの純潔思想から若人を救うべし。国内のありとあらゆる活動小屋《シネマトグラフォ》において上映を義務づけられていたニュース映画には必ず「警察からのお知らせ」が含まれており、たとえばカルメン・ミランダ風のルンバ娘、局部の手術を受けずしてそれらしく振舞う鉄火肌の浮かれ好きが癲癇病みのスリの愛人だと非難され、それればかりか女の方こそ男をあれこれ唆した張本人として槍玉に上げられた。イエロー・ジャーナリズムは視覚に訴える写真付き記事を量産し、ぞっとするような海千山千の例をこれでもかと並べ立て、こいつらが「我々の子弟」を堕落へ誘い込む悪女たちなりと世に見せつけた。

十二月のある晩、我が身は軍服の庇護の下、カルリトスは警官たちが幾人もの男を殴りつけ唾を吐きかけ、挙句逮捕する場面を目撃するが、それは鉄道の駅の地下、尿瓶《しびん》代わりの暗がりで日がな何時間をもつぶす男たちだった。首都第十九番区警察署長と親しいとのボネコの言は単なる自負の産物ではなかった、そうカルリトスは内心呟いた。地上に戻ったところで先生――その人をそのように知った以上、その人をそのように呼びつけていた――の姿を、気取った言い回しとこそばゆい節回しで話すあの紳士の姿を認めた。前の年の夏、一夜、彼に報いるべき額を持ち合わせなかった先生は、駅にほど近い、名の通った広場に隣り合う道を登ったあたりのレストランに誘い、夕食を御馳走してくれた。カルリトスにとってそこは映画のなかにしか登場しない何ものかと映った――暗色材の板に覆われた壁、勝杯よろしく左右対称に掲げられた雄鹿の角、湖沼と山脈を配する風景画の数々。レストランには先生の友人という外国人たちがほかに何人もおり、挨拶を交わすべく先生に近づいてくると先生の方は彼らにカルリトスを紹介するが、そのやりとりは丁重さに満ち、連れと一緒のところを見られてもたつくでもなければ気まずいでもなかった。紳士諸兄は残らずカルリトスにも手を延べ、気さくな笑みを浮かべ握手した。程なく、先生がモセラと呼ぶところの白ワインに助けられ、カルリトスは自分もこの世界の一員として認められた、ここではお行儀が大雑把だろうと会話下手だろうと引け目を覚える必要はないのだ、と感じ入った。徹夜明け、勘定を持って来てくれるよう声をかけると店主はこれを拒み、何やら「先生のお友だちは私らにとってもお友だちですから」といった台詞を呟き、手の平で兵士の肩を軽く叩いたが、その仕草は男っぷりよく、後ろ髪を引かれるような手の離し方に、気のせいかもしれぬほどかすかな官能の気配があった。「いつでもまたおいでなさいな、お若いの。お代の心配は要りませんよ。」

ひょっとするとあの晩の記憶だろうか、先生がたったひとり、駅舎中央の会堂《ホール》にひとりぽつねんとたゆたうているさまを目にするに及んで、地下には危険が待ち構えていると警告せねば、カルリトスをしてそう思い立たせたものは。

——ごめんなすって先生、悪いことは言わんで、今すぐここから退散しておくんなさい。サツが下に張り込んで、しょっ引く命令も受けてるって話でさ、少なくとも百人の……。

言い淀んだ。己れの知る単語のどれを取っても先生ほどの教養人の耳にふさわしい響きを備える語は見当たらなかった。宙ぶらりんを示す点の連なりが彼の言い表したくとも手の届かないところを告げてくれるに任せ、先生の肩に手を置くと、どうか先生に対して抱いているこの共感のほどを力強く伝えてくれよとその手に委ねるのだった。

＊＊＊

この物語に筋立てはなく、もしあるとすればそれは大文字の歴史それ自体だろう。ここに記すのはある一瞬というものが辛うじて残した足跡、相似通わぬ二種の表層がこすれ合って生んだ火花の痕跡にすぎない。物語に肉を帯びさせている人物たちの後年の運命があるいは語りの道行きの代わりになるだろうか。

ボネコ・ダ・シルバのその後については全く知る由もない。というのも兵役が明けると、ただし前もって豪語していたほどすいすいと放免されたわけでもなかったが、ともかくその人生の早い時期に味をしめた成功の地リオの舞台へと出奔したからである。とはいえボネコの役どころはひとえに甲斐甲斐しき仲介者のそれに過ぎない。この話が掬い上げようと切に期する一刹那の登場人物はただ二人のみ。

まずはカルリトスだが、ボネコに再度言いふくめられ（「俺の言うことを信じろよ、軍服を着てればお前さんイケるぜ、当たり前の文民の格好じゃ目立たんぞ」）、除隊の日も徴募により支給された服を返納せず、引き続きその夜回りの道々大っぴらに軍服を着たまま出没し、ついに文民警察に呼び止められ素性を明らかにせよと命じられる。「正当な理由なく軍服を着用」し「軍の階級章をみだりに使用」した廉で罪に問われ、蜃気楼めくるめく首都から遠く、出身州の某警察署へと送致された。

模範囚だったのが幸いし、公安関係の一部署に受け入れてやってもよかろうというめぐり合わせになった。その熱意が重宝されたのと、おそらくは怠け癖に点を引かれたせいでか、電極つき牛突き棒を使ったり三級尋問つまり拷問に参画する役目を免除された。だからといって道を閉ざされることにはならず、御年四十一歳のみぎり、笑いかけると欠けた歯のひとつもあろうかと知れ、短い首都暮らしの歴戦中あれほどちやほやされた若さゆえの輝きもつとに失せてはいたものの、遅ればせながら軍曹の位階にありつくことができた。歳月とともにその柔な記憶からは費え去る、ボネコとの友情、彼から伝授された背徳の教えの数々、そして何よりそうした背徳の教えのお蔭で知り合った数多の旦那衆のことも。一九七五年の暮れ、ある武装集団がカルリトス勤務中の警察署を襲撃、彼は機関銃の閃光に飛ばされた。

文士がカルリトスの末路を知ることは遂になかった。七十歳を越えたころ、オーストリアの若手作家たちの一団が近親相姦にも似たせせこましさの律する文壇内で活動することにしびれを切らし、過去の人となった、さほど名の知られない、それでもまだ存命の作家を再発見することに好奇心をくすぐられたらしく、ウィーン市庁に働きかけ、高齢にして収入の手立てに恵まれない芸術家向けの共同住宅棟に彼のためのアパートメントを確保してくれた。かくして彼はウィーンへの往路片道切符を受け取り、二十六年間、手許不如意と無名暗夜の二十六年間を過ごした都市を後にし、生まれ故郷の都、帝国の大首都《メトロポリス》が今ではちっぽけな一共和国を奉ずる首都へと転じた、そのさまをとくと見届けることになった。

町はずれに所在する控え目この上ない新居に移ってみれば、その隣人にはクルト・ヨース舞踏団を引退した踊り手がいて、その男が繰り返し聞かせたがる「緑のテーブル」の本来の振付に課されたひどい手直しの話とやらを避けたければ、エレベーターには乗らない方がよかったし、また別の隣人はアルコール中毒の造形作家、出どころの判然としない、某エスニック文化とやらに着想を得たとんでもなく毛足の長いタペストリーを織り上げることに自己の老境を捧げている女性だった。

　大西洋の向こう岸に過ごした日々を胸に甦らせること彼の場合は三日に上げず、夢の如き思い出には大抵カルリトスの名も去来した、とはいえその容姿は徐々に、己れにとり同じくエキゾチックな魅力を湛えていた他の若者たちの姿と見分けがつかなくなりだした。火の消えたような都ウィーン、それほど遠からず彼が死出の旅に出立する終の都にあって、かつての日々、懐しくも五感の悦楽に彩られた世界の思い出は、本人がしかと知覚せぬまま散文の一帖に書き留められ、その書きつけが何と初めて彼に（しかもほとんど没後の栄誉に等しい）文学賞をもたらした――一九八一年のこと、その書『ちっちゃな黒頭 Kleine Schwarze Köpfe』にカフェ・ハヴェルカ賞が与えられた。

　授賞式に出席する本人を迎えに差し回された制服制帽着用の運転手が駆る車に乗せられ、その窓からは、亡命に発つ以前から足の遠のいていたウィーンの町並みが次々目の前を行進してゆくのが見えた。そんな具合に、分離派《セセッション》会館の窮頭を飾る黄金の草葉から二歩の距離、オットー・ワグナーのマジョリカ焼タイルを敷き詰めた表壁《ファサード》の足許にトルコ移民たちの市場が点々とうち続くことも見出した。その光景にまずはたじろいだものの、すぐに結構なことだと機嫌をとり直した。これから迎える祝祭に先立つ恍惚と気疲れの只中、そういえばラジオでこんな言を耳にしたと思い起こした、彼が老いを生きることとなったこの不可解な世界は距離というものを切り詰め移民に肩入れするようになったのだと。

遅れてやって来た栄光の刻《とき》に向かう道すがら、街の誰にでも知られている当たり前の場所を眺めやっては、我が身を慰めてくれるあらゆる想像を次々その場限りで働かせ、道行きの友とした。彼を待つ聴衆の中にカルリトスが顔を覗かせていないとも限らない……。きっと著者の許へ歩み寄り、自分には読めない本だけれども献辞に名を掲げてもらって嬉しいと言いに来てくれるのではないか。両目を閉じると紙の上に刻印された単語の連なりがいま一度目に浮かんだ——「カルリトスに、我がアメリカのコロンブスに捧ぐ」“Fur Carlitos, Columbus meiner Amerika.”

暗がりの愛

Oscuros amores

サン・シュルピス広場

サン・シュルピス教会の鐘塔は既に真夜中の合図を鳴らしたが、方形に光る窓――セルヴァンドニ通りに面する中二階の窓――は皓々と光ったままだった。書店の表ガラスに寄りかかった男は窓が何の衒いもなくさらけ出す光景にかれこれ二時間以上その両目をひたとうち据えていた。人影がふたつ、行ったり来たりするのを見た、背の高い、細身の、すばしこく、若々しいシルエット、ただ黒いだけの切り抜き絵、東洋の影絵のように室内の明かりが薄手のカーテンを幕代わりに投影し、カーテンに近づくと影の輪郭はひときわはっきりし、その黒もずっと濃くなった。窓辺から室内へと遠のけば影は伸び広がるとともにその縁どりはぼんやりし、ともに黒は黒味を薄め、どんどん灰色がかっていった。

そうした影の動き、動くたびに目に入る幻影はしかし、いつだったか自分も訪ねたことのある手狭なアトリエ、壁の隙間に電気調理台が嵌め込まれ、手洗いは入口脇、二段重ねのマットレスを床に置いただけというちっぽけなワンルームで一体何が生起しているのかを、彼にこれっぽっちも明かしてはくれなかった。そのうち明かりの消えるときがやって来る、そうすればふたつの影が四角い型枠の下に沈みこむさまを見ずに済む、二人がベッドをともにすることなどわざわざ知りたくもないのだから。期待していたのはひょっとすると、睦まじく親密この上ない仕草が何かしら目に入らないか、そうすれば目を閉じてさえ自分を追い回してやまない愛撫や口づけをその想念からきっぱり消し去ってくれはしまいか、といったところだったろうか。「現実なるものはひどく耐え難いかもしれない」、そう一度ならず思いめぐらしたことがあった、「それでも現実は想像の行き着く先ほどに人を深くは傷つけない。」

定点観測地点と定めたそこにじっと、不動の姿勢を守り続けた、寒さを覚えることもなく足早に過ぎる通行人に目をやることもなくひたすらに、といっても一月の夜の深まるにつれ行き過ぎる者など乏しくなる一方。奇妙な静けさ、今か今かと膨らむ静寂は、いつ何どき雪が舞い始めてもおかしくないと告げているかのようだった。そのときだった、男の両目が窓辺に預けていた注視の構えを砕く声が響いたのは。

——ラルフ！　お前どこへ隠れちまったんだ？

声を発するなり近づいてくるらしい男の姿がそれとわかるまでにひと呼吸を要した。男の影が街灯の下を過ぎると、ぱさついて畝さえ立つ肌の上に乗っている鬘《かつら》の輝きが異様なほど若々しく、ちぐはぐそのものなことに嫌でも気づかされた。

——うちのラルフを見ませんでしたか？

その人物は彼からほんの数歩のところに立っていた。例の鬘は濃いマホガニー色だったことが見て取れたが、街灯の光を受けたそれは透明なマニキュアを施した爪ともども光を散らした。見知らぬ男は彼に答を探す暇も与えなかった。

——うちのラルフは灰色の毛がプラチナのように光るコッカー・スパニエルでね。四歳ばかりになりますかな。このところ一体どうしたんだか、夜の散歩に連れ出すと決まってこちらの手をすり抜けて、雲隠れを決め込む。まるで飼主をからかいたい風ですよ。ひとしきりあってもう降参、こちらが涙をこぼしかねない頃合にやっと姿を見せる、でなければ我が家の戸口でこちらに先回りしてるんですよ、それも大そう御機嫌でね。

明らかに、ラルフの主人の両の瞳は赤くなっていた。彼は弁解の言葉を口にした——いやさっぱり注意を払っていなくて、犬が通り過ぎたのも見ませんでしたと。見知らぬ男は広場の周辺一帯をぐるりと見やった——何の動きも、逃亡者の居所を暴く物音のひとつとてしない。

——毎晩もうこれで最後だと自分に言い聞かせるんです。もうこの先はないぞと。ラルソにどれだけ尽くしてやったことか、語るも涙というものですよ。見つけてやった時分にはサン・ジェルマン市場《マルシェ》の残飯を嗅ぎ回る野良の身の上。それからは上等中の上等の餌ばかり買ってやったんです。私が拾ってやったお蔭で丈夫で元気な雄犬に育ったというのに。さらには私の口に入る肉、それも最高級の肉を分けてやるようになりましたがね、神に誓って、年金暮らしのこの身では本来そんな贅沢はできんのですよ。だのに、いやはや信じてもらえんかもしれないが、通りに出るが早いか最初に出食わす同類の糞をくんくん嗅ぎ回る有様……。挙句の果てがこれだ……。

慰めの言葉を探したもののそらぞらしく響き用をなさない台詞しか思いつかず、と思う間にも彼の両目は皓々と光る四角いフレームの中に新たな動きを、どちらがどちらか見分けのつかぬまま二つの影の一方が踏み出した一歩を見とがめた。

——慰めてやろうなどとお思い下さるな、その甲斐もない。この私がまともな神経の主ならとっくの昔に奴を道端に追い返していますよ。あの犬にはそれがお似合いだ。ところがこの哀れな間抜けときたらしょうもない甘ちゃんでね。情にもろい輩、ですな。愛犬ごときの「誕生日」についこの間何をしてやったか、この私としたことが？　母の形見の首飾りを二本、片方は黒玉でもう片方は水晶、まあまさか何の変哲もない代物ですがね、それを奴の革の首輪に縫いつけてやりましたよ。奴が感謝でもしてみせたと？　次の日曜、十一時のミサに連れて出たら、近所の雌犬たちの前を気取って歩いてみせ、こちらの言うことになど耳を貸そうともしない……。

言葉を続けながら見知らぬ男は静かにむせび泣き、嗚咽はその声に跳ね返ることもなかった。急に冷気に襲われたかのように襟元を閉じるその上着は、二度目の戦後、フランスではモンゴメリー、イングランドではダッフル・コートの名を頂戴するほどまで流行した型のひとつだった。擦り切れ具合からして男のそれは由緒ある老舗の一着に違いなかった。

――そこそこの年齢《とし》に至ったら諦めを知るのが人間にとって最上の道、そうおっしゃりたいでしょうな。私もわかっちゃいるんですが、諦めようにも諦められないのですよ。頭では理解できても心の方が、少しばかり優しさが欲しいと言いつのって放してくれないのですわ。だったらどうしろと？　夜な夜なテレビを視て過ごせとおっしゃるか？

ここへ来て、はっきり聴き取れるほど声を上げ泣き崩れた。彼が伸ばした片手を男の肩に置くと、ふと、相手の萎れ顔はまるで全世界の不幸をもろとも引き受けたと言わんばかりの苦渋に歪んだかと見えた。それなのにひとことも声をかけられなかった。見知らぬ男は彼に一瞬笑みを投げながらも、手ぶりでもって「お気づかいなく」あるいは「気にするだけ無駄ですよ」と言いたげだった。

　彼は男が、もはや言葉を足すこともなく遠ざかってゆくのを見守った。そのうち、影ばかりの彼方から再び遠く「ラルフ！」と呼ぶ声が聞こえた。

　両の目を上げ窓を探すと既にそこは闇だった。影絵たちが明かりを消した瞬間を逃してしまった、とすると絡み合う二つの肉体の影がマットレスへと、あのマットレスへと沈んでゆく場面をも、おそらくは見逃してしまったのだ、間違いなくそうなるだろう、だがどうしてもそうなってほしくない影、ふたつがひとつとなった影、その影を受け止めるマットレスが窓際に置かれていることも、もちろん彼は承知していた。

　そのままさらにひと呼吸じっと動かず耐えた。夜警を繰り返す間いつも寄りかかる先のガラス、ガラスを擁する書店の名が何と「知ることの歓び《ジョワ・ド・コネートル》」であろうと、その名に洒落を感じなくなって久しかった。慰めになどならぬことは承知の上だが、ふとこんな考えが湧いた、ふたつの影のうちの一方が今このとき思い起こしているかもしれないと、今朝がた郵便受けに見つけた封筒のことを、その封筒の中には「誕生日おめでとう」とどぎつい色の文字が印字されたカード、さらにカードの間には畳んだハンカチが挟み込まれ、そのハンカチに彼は起き抜けにこぼれた精液をぶちまけてあったのだ、放ちたいはずの行く先に放つことかなわぬがゆえに、身代わりとされた、その、布の切れ端。

婚姻の軛

まずは顔と首とに、乳液ほど脂っぽくなく固体よりは液体に近い白い化粧落としを塗りつけ、規則正しく円を描きながら全体にそれを行き渡らせ、そののち顔といい首といい表面の隅々まで丁寧に吸い取り紙をあてがいつつ拭い取り、もしや顔のどこかにクリームに散らされるか追いやられるかした化粧の残りでも探知されようものならさらに一度二度と紙を渡らせたが、さあこれですっかり顔がさっぱりしたと思えてからコットンのひとひらに肌の回復を助ける滋養液をまんべんなくつけ、改めて顔全体を覆った。その結果ムラのない光沢が得られたが、今度は熱っぽいてかりを呼び起こし、疲労の色を浮き立たせてしまった。

寝室からその耳元に、夫の、表情のない声が届いてきた。

——俺はくたくたなんだよ。

——明かりを消してよ。もうそんなにかからないから。今何時？　疲れてるのは私も一緒よ。

——三時ってところだろうなあ……。

——ほかのお客は一晩中ずっと居残るつもりよ。七時に朝食を支度してくれるってエステラが言ってたわ。

——あいつら一体いくら散財したと思う？

——どう逆立ちしても、あの子たちの結婚式に親の私たちがかけた費用には及ばないでしょ。兄弟三人なんだから三で割れるもの。それにこっちの金婚式は一生に一度きりよ。

寝室からその耳に届いたのは相槌の声音。

——それよりムニオス家のことで何か私に言うことはないの？　まさかあの人たちが本当に姿を見せるとは思わなかったわ……。

——招待しようと考えついたのは君だぜ……。

——私たちが根に持っているなんて考えてほしくないからよ。でもまさか、万が一にもあの夫婦を目にしようとは夢にも思わなかった。豪胆なこと！

今回その耳に届いたのは長々と引っぱるただひと息の呼吸だった。

——それからリディアのとこの息子ね、全く誰が言い当てたでしょうね、彼女同伴で現われるとは……。お医者のアジェンデ先生の言は当たったみたい、いっときのことだよと仰っていたじゃない……。お母さんとしてはひと安心でしょうね……。

呼吸はぐっと深く、ほとんど唸り声と化した。

——さあ済んだわ、だからぶつくさ言うのは止めて。

洗面所の明かりを消し、寝室へ回った。ベッドのいつもの側に横たわる仰向けの夫は早や眠りについていた。

身を乗り出してみると夫の両眼は開いたまま、しかもそこには何か問わんばかりの気配が漂っていた。名を呼んでみる、何度も繰り返し、次いで胸に耳を当ててみる、口許近くに身を寄せてみる、だが息をしているかどうかわからなかった。いっとき、どうしたものか見当もつかず動きを起こせず、それからほとんど自動人形のような動作とともに電話機のところへと進み、受話器を取り上げるや、たちどころにそれを元に戻した。彼女の脳裡を列成して次々訪れる、頭の痛くなる場面の数々——諸々の手続に始まり、あるはずと信じていると決まってその場所には見当たらない書類を一から探さねばならないし、息子たち嫁たち孫たちが嵐のように家へと押し寄せる図、いやそれよりもっと始末に負えない事柄もある――親戚だの友人一同だの、通夜となればいつ終わるやら気も遠くなる死者見守りの行、その都度彼女はひとことでもふたことでも発すべき立場に追い込まれ、しかも疲れ切り、睡眠もままならず、場にふさわしく正装の上ミサにも埋葬にも当然出席を強いられ、そんなこんなを全て乗り越えなければひとりになれず、ベッドにひとり静かに身を休めることはそれまでお預け……。

時計に目をやった。四時になろうとしていた。目覚まし時計を九時半に鳴るように仕掛けた。夫が亡くなったのは二人とも就寝中のことだった、だから自分は気づかなかった、明日になったらそう言おう。

動かなくなった体軀の隣に横になり、動かない腕の片方を持ち上げると自分の項《うなじ》の下に通し、その胸、今となってはもはや息をしていないことの明らかな胸に自分の頭を乗せた。明かりを消し目を閉じた。そう、二、三時間でも眠ればきっと、来《きた》るべき悪夢に立ち向かうことができるようになるだろう――またしても人が集まる、ちょうど今夜耐え忍んだそれと同様の、ただし今度は音楽も笑い声も抜きの参集、ひそひそ声と深刻ぶった顔つきばかりの、哀しみは浮かばずとも厳粛さには事欠かぬ表情が、今夜集まったのと同じ面々の顔また顔に張りつき勢揃いする。

夫にぴたり添い寝しようと、その腕に守られていると感じたいばかりに身を寄せてみて思い当たった、あれこれ言ってみても結局のところ今夜の抱擁だって大して違わない、長年夜ごと夜ごと彼女をくるみ込んできた昨日までの抱擁と。

二度目こそ

何かに没頭し切ってか心ここに在らずか、先を急ぐじれったさと疲労困憊との間に宙吊りにされてか、メトロの乗客の顔に浮かぶそれぞれの表情に彼はいつも興をそそられ、つい ぞ飽くことがなかった。（マドリードからブエノス・アイレスに戻って十五年、地下鉄のことをスブテではなくメトロと発想する癖は依然抜けなかった。）己れの靴の爪先やら戸口の上に掲げられた路線図を見据えて目を動かさぬならそれもよし、本の上に目を落とすならそれもよし、注意を向けるべき先が見当たらず視線を虚空に泳がせるなら泳がせるがよい、それらの顔という顔に彼は読み取るのだった、劇場の休憩時間に当たる合間を、乗客たちが縛りつけられているこの舞台、自分たち自身を演ずるこの舞台に心ならずも割って入る幕間とでもいうべきものを。地下鉄路線の始発駅と終着駅、二つの点を結ぶ線を走る間、埃っぽく無表情な光を浴び、上司だの顧客だの、妻子だの家人だのといった重荷から、束の間彼らは自由になる。服装に髪型、化粧ぶりなど、社会的に何者であるかを示す徴《しるし》さえ各人の肉体上に取り残され、筋からはずれることを許さない劇空間へ演者たちを引き戻す、あの呼び出しの合図を待っているかのようだった。

かかる辺獄《リンボ》にあって彼は、眺めたい放題の観察者、まだ麻酔の抜け切らない患者たちを前にした者、遺体安置所にそっと忍び込んだ部外者の気分を味わっていた……。つまらぬ行為にふけった罰は程なくやってきた——黒々とした瞳、濃すぎるほど化粧の濃いその両の瞳が皮肉めいた微笑をちらりと投げかけたそのとき、彼ははたと気づいた、己れの視線が別の視線に晒されていること、こちらに向かうその視線はまさしく地下鉄コンスティトゥシオン－レティロ線の二駅の間で己れが優越感を覚えた相手たる匿名の乗客集団へと、彼をもまた追いやっていた。

女は年齢定かならぬ、あるいは言うところの情け深い言い回しに頼るなら、年齢など超越した存在だった。厚苦しい化粧は目の周りだけ、さらに敢えて拾うにしても唇を飾るきつい紅がせいぜい、顔は青白く、雑な染め具合のせいで黒らしくない黒の頭髪も相まって、思わせぶりな媚態が漂う風もさっぱりなかった。ところが彼女の裡には何やら詮索するような、芝居がかった、遠くの観客に向けられたかのような勢いがあった。依然として彼にうち据えられたままのその眼差しが、不意に、先ほど瞬時浮かんだ微笑に劣らぬ皮肉を湛えていると彼には見えた。もしやこの女は自分の知り合いであって、こちらが気づくようにと待ち構えているのか？

彼女は朝からずっと彼の後をつけてきていたが、それまでは意図を明かすにうってつけの頃合を見つけられずにいた。

朝九時、オリボス地区のアパートを出た彼はレティロ駅行きの電車を拾い、都心まで出ると銀行と公共機関に二、三の手続をしに立ち寄り、レコンキスタ通りのカフェでサンドイッチとビール一本の昼食を摂ってからコンスティトゥシオン駅へ出向くと今度はロマス・デ・サモラ行きの電車に乗り、ロマス・デ・サモラでは不動産屋との議論と交渉に二時間近くを費やし、それが済むと再びコンスティトゥシオン駅へ戻る電車に乗った。

用向き一本の行き帰りが彼女を驚かせることはなかった。そんなことはとうの昔に承知していた、彼が日々の実務を淡々とこなすだけの予見可能な人生を受け容れる一方となり、夢のあれこれからはすっかり遠のいていったことなど。夢のあれこれ、それはいつだったか二人が分かち合ったはずのものだった。遠くから、彼には気づかれぬまま彼女はかねて日にしてきた、彼の声の調子が徐々に闊達さを失い、眼差しからは生への熱情をちらつかせる光が消え、屈託のない笑いも浮かばなくなってきたことを。

彼が地下鉄に乗り込んだとき、彼女は当の車輛の先客だった。初め彼女が視野に入ったときは上の空、そのうち、いやに黒ずんだ髪、唇のあまりに強烈な紅、なかなかやって来ない認知を待ちあぐねたと言いたげに狙いを彼に定めた眼差しを見て取った。「ずいぶんとあの女に似ている」とふと想い、また思い直した——「あれから二十年、紆余曲折を経て今頃いったいどんな姿になっているやら……。」

サン・フアン駅ではどっと客が乗り込み、名もなき人々の疲弊とじりじりとする落ち着かなさとが一挙に渦巻くあまり、女の姿はしばらく視野から隠れてしまった。ふたたび彼女が目に入ったとき、その目はさっきと同じ集中力を込め彼に向けられていたが、詮索も認知も消えた虚ろなそれだった。前をふさいでいた客の何人かが次のインデペンデンシア駅で降り、彼女に近づくことを許した。ほんのかすかな笑みが女の唇によみがえった。そのとき、理性は全力をあげて否定にかかったものの、悟ったのだ、彼女だと。

――そんなにびっくりした目で見ないで。まさか死んだと思ってたわけじゃないでしょうに……。

ふっと笑ったが、その笑い方は歳月を遥かにさかのぼり、かつて彼が知っていたのと同じ自然さをたずさえていた。あの頃と同じく、彼は釈明の義務をおぼえた。

――それほど中身のない男じゃない。長いこと誰かに会わなかったからってその人間が死んだと考えたりしないさ……。だけど君にとっては時が流れなかったも同然なのを見て感じ入っているわけだ――目の煌めきときたらまったく変わっていない。それに引き換えこっちは……。

――この私があなたのこと見間違えるはずはないわ。そうねたとえば、ストックホルムの地下鉄《スブテ》でだろうとあなたのことは見分けがついたに違いないわ。

――あれからどこにいたんだい？　まさかブエノス・アイレスじゃなかろうね……。

――どこにいたかって、ご挨拶だこと！　旅から旅の身の上よ。そりゃあほうぼうね。

二人とも口を閉ざした。再会の驚きは大づかみな質問に吸い取られ、それが一段落すると両者の間には共通の話題はなく、したがって対話の火にくべるべき薪にも欠けることが知れた。サン・フアン州から流れてきたべそかき女が例によってアベニダ・デ・マヨ駅で乗り込んでくるのを、さして気もなく彼は眺める。女は首から札を下げている――苦労して書きなぐったと見える文字は綴りにも間違いを散りばめ、自分はコソボ難民、夫と三人の子はセルビア側のテロにより虐殺されたと言いつのっていた。ディアゴナル・ノルテ駅では両腕いっぱいに花を抱えた女たちが下車し、別種の物乞いたちが乗ってきた――切断された右腕を棒のまま見せつける男や、勝ち誇った唸り声を上げつつちょん切れた舌を口から突き出す男。

――ブエノス・アイレスに戻って長いのかい？　腰を落ち着けるつもりなのか？――いたって機械的に、問いを発した。

――いつだって私はここに居たわ。出て行ったのはそっち《ボス》じゃない。

彼が食い下がったのは、ともかく答を欲しいからというより、彼女がさっきの答と矛盾することを言うのに苛立ったからだった。

――この耳に達しないとは解せないね、なんで一度として行き会わなかったのか。

――きっと一度として私のことなんか考えてくれなかったからでしょ……。

そう言ってのける今、彼女の笑みには屈託がなかった。「女どもの自惚れってやつは際限がないな」と思いつくが、これまでの人生、そう彼が膝を打ったことは幾度もあった。女の自惚れ、そのほかあれこれの思い出に、ついつい彼は気をとられた。サン・マルティン駅に着いたところで我に返ると、彼女のほうはほとんど郷愁を相手に話しつづけていた。

――いつも思い出すのよあの話、ほら一度聞かせてくれたじゃない、どこから見ても不思議なお話。少年が夕暮れ時の浜辺で硬貨を拾うの、はした金にも足らない額でしかなくて、ちょっとの間もてあそんでいるけどそのうち砂に放っちゃう。ところがすぐ、その子の目の前に、日暮れ前の最後の光を受けて海から都がひとつ姿を見せるの。都の構えはこの世のものとも思われず、少年はお伽噺の絵本を思い出す。お店のひしめきあう通りをずんずん分け入ってゆくと、そこここの戸口の前では気ぜわしく商人たちが彼を取り囲み、硬貨一枚、それも額面のいちばん小さい硬貨一枚と引き換えに金糸銀糸の刺繡入り絹織物やら宝石やら聖なる遺物やら、みんなまとめてお持ち下さい、と言われるの。うちのひとりがそのわけを教えてくれる、この都、その時代の都という都のうちでも最も富貴をきわめた都は住民の強欲ゆえに罰をうけ、その財宝もろとも海に沈み、百年に一度、海から浮上しては硬貨一枚と引き換えにその財宝を差し出す運命を言い渡されていたのだと。誰かがそれを買ってくれて初めて、そのとき初めて住民たちは安息を得るのよ。

　少年はポケットを探るけれど、そういえばこんなもの価値がないと硬貨を砂地に放ってしまったことを思い出す。そうして目も綾なかの大都会が海に消えるのを目にすることになり、思い知るの、ふたたび都が浮かび上がる暁にはもはや自分はこの世の人ではないことを。

「俺を誰か別の男と取り違えているな」との考えが彼の頭をよぎり、かと思えばまたこうも思う——「これまでずっと彼女に出くわさなかったとすれば、それは向こうが施設に閉じ込められていたからだろう。」ともどもレティロ駅の電車への乗り換え口に続く階段をのぼりながら、彼は我ながらもっともらしいと響く言い訳を思いついた。

——電話をくれよ、番号は電話帳に載っているから。悪いけど電車に間に合わなくなるから今はこれで。近いうちにまた！

群衆のなかへと駆け出した。立ち止まることなく、彼女に向かって手を振ろうと振り返った——彼女は彼をじっと見ていた、あるかなきか摑まえづらいあの笑みはそのまま、それは彼の記憶に残ることになるだろう——改めてのこの別れを切り取るポラロイド写真、家に帰り着くまでの車中、彼にずっと寄り添う即席の形見として。

＊＊＊

その残影こそは、何時間か後、真夜中に手の届くところになって彼の意識を逸らすことになるだろう、その残影こそが、ほんの何分かすれば昨日のものになる新聞、したがって間もなく一昨日の旧聞と化す消息らしきものが詰まった新聞に、遅まきながら目を通していた彼の意識に割って入るだろう。窓から外を見やるだろう、するとその目には、何の動きもない通りや無言の草むらではなく、青ざめた面差し、黒々とした髪、紅の躍り出る口が映るはず。

ぶらりと外歩きに立つのだ、生温かい春の夜が心のざわめきをもろとも掃きちらしてくれようと信じて。不意に立ち止まる、何かを思い出した、いや了解したと思い当たって――「俺が彼女にあの物語を聞かせたことはないぞ、ニルス・ホルガションの話など、一度たりともあの女にしたことはない。間違いはない。子供時分の俺の心にどれほど強く残った話か、あの女が知るはずはない。」続けてたちどころに思い出す、どこでだったか読んだ覚えがある、サンティアゴ・デル・エステロいやそれともチャコの言い伝えか、死者の日には死人たちが近しい人々を探しに二十四時間だけこの世に戻り、彼らをあの世に連れてゆこうと企てる、そう信じられていると。

郊外のちっぽけな駅の時計は二十三時五十六分を指していよう、だが誰もが知ってのとおりそれはまずもってまともに動いたことがなく、動いたとしても遅れるか進みすぎるか、あるいはシンコペーションのようにその両方を繰り返してひくつくか。線路のこちら側から彼は望むだろう、開《あ》いているバルの光を、そしてそこにはジンも揃っているに違いない、追いつめられた折々にいつだって効果てきめんのジンが。二十三時五十八分の列車が近づく音は耳に入らず、思いもよらぬ衝撃のお蔭で痛みなどつゆほども感ずることはない。

女の顔が目に浮かぶ、まっすぐに、ひたむきな、おそらくは愛の虜の、その顔がちらりと立ち返ってくるだろう……ほんの一秒のことか？　いやどれほど感度の高いクロノメーターであれ、もはや時の埒外に漂うものを計測する術《すべ》はない。

愛はなおさら愛らしくなる
二度目こそは……

（カーン＆ヴァン・ヒューゼン作詞作曲、パール・ベイリーの歌声に乗せて）

エミグレ・ホテル
Hotel de emigrantes

一

一九四〇年十月三日、夜の帳が下りるに合わせギリシア船籍の蒸気船ネア・ヘラス号はリスボン港の岸壁を蹴り、大西洋横断航路をニューヨークへと向かった。ひとたび天空から最後の光明が退場するや、次第に遠のく街の灯はなおいちだんと輝きを増すかに見え、それから対岸に現われるベレン、つい何週間か前その帝国広場《プラサ・ド・インペリオ》の地に大博覧会の幕が切って落とされたベレン地区を対岸に見やりつつ船が進むに及んで突如、絶命寸前の最期の生気と見紛う光明の煌めきが闇を切り裂き、これを甲板から見守る者たちにはおよそこの世のものとも思われぬ光景と映るのだった。

これが一年前なら、光が闇に取って代わられるこの頃合はいかにも「絵になる」あるいは「お祭り気分漲る」とでも形容されていて構わなかったろう。一九四〇年十月ともなると、ネア・ヘラス号の乗客一同にとり、喪失の悲嘆なり穏やかならぬ前触れなりがのしかかるひとときとなっていた。幾人かは己れの心情を文字にしている――「闇のなか船が動き出し、ゆるゆると水の上を滑り始め、そしてテジョ河を後にした。まるでお伽噺から姿を現わしたかのように博覧会会場はまばゆく瞬いていた。その魔法の光こそ、我々が欧羅巴に、災禍に沈む欧羅巴の地に見た、最後の光だった」（アルフレート・デーブリーン）。「水辺に沿ってなかなかに立派な植民地博覧会の会場がすっかり築かれてあった。（……）最後にもうひと目、とリスボンを眺めやる我が目に入ったのは港である。欧羅巴が遂に後景へと去るそのとき、それは最後の最後にこの目に映ずるはずのものだった。この身には信じ難いほど甘美に見えた。失われた愛の対象ほど甘美なものはない」（ハインリヒ・マン）。「真夜中、我々は見た、欧羅巴の最後の光を、鮮血の赤を、そしてその光が海に沈んでゆくのを」（ヘルタ・パウリ）。

ネア・ヘラス号は大西洋横断航海に乗り出す気概ある、数少ない船の一隻だった。二週間前には英国船シティ・オブ・ベナレス号がドイツの一潜水艦から魚雷を食らい、漂流の挙句モーニカ・マンがその夫ともども行方知れずの目に遭ったが、モーニカの兄ゴーロと伯父ハインリヒとが今ギリシア船に乗り込んでいた。合州国を指して出航する船が右に挙げた作家たちのみならずフランツ・ヴェルフェルやレオン・フォイヒトバンガーとそのそれぞれの夫人たち、アルフレート・ポルガルにフリデリーケ・ツヴァイクまで乗せている、しかもこの人たちが、彼らほど名の通る存在ではないまでも第二次世界大戦から逃れたいという意味では等しく切羽詰まった旅の途上にある乗客たちに揉まれている図、それは考えるだけでどこかしら滑稽さを帯びる次第となっても致し方ない。

ある空間に無理矢理詰め込まれ、望んだわけでもないのにお隣りさん同士にさせられるとなると、平時なら、いや平時というのも程度問題とはいえ、顔付き合わせる必要もなかったはずの虚栄心だの猜疑心だのがもろもろ袖擦り合うことになった。反ファシズムの立場と質素な船の寝台に常軌を逸した額を支払えるだけの懐具合とが、束の間はかなくも玉虫色に同居し、急ごしらえのドサ回りに発つ役者たちをしてヨーロッパ文化の末裔、いや使者、いや生き残りの役どころを演ずる道行きへと連れ出し、しかもその舞台にはネア・ヘラスつまり新生ギリシアなどという冗談まがいの名を心ならずも掲げる投光照明が降り注ぐ……。中世の「阿呆舟」が今ごろになって再び出来《しゅったい》したのか？　新手の道化舟《アイン・ノイエ・ナーレンシッフ》でございい？

夜の闇に息絶えてゆくヨーロッパの最後の残光、そんな言い回しは、頼まれなくても経験というものがくれて寄越しがちな味つけ濃厚なる隠喩のひとつに当たる——あの十月三日の夜、ナチズムが勝利に酔うあの夜、家族団欒の場としての、あるいは母としてのヨーロッパは、危険と背中合わせの秋《とき》にあって見棄てられたのだ、いつまで続くとはさっぱり予見もできないひとしきり、他人に見せない心の裡では、誰も彼もよもやそのままになってくれるなとは願っていたものの……。先行きの不安、いてもたってもいられない気の逸り、安堵、郷愁、唇を噛まざるを得ない後ろめたさ――感情という感情一切合切を取り揃えた商品見本帖まがいのものが、呉越同舟団子になって先行きわからぬ旅に乗り出す、まさしくあの時点を呼び出そうなどという気を起こす読者の前に、どうぞいくらでも見てちょうだいと身を差し出す。

事態がつんと皮肉味を帯びるのは、己れのものと決め込んであった世界が突如「過去」し化し、もはや取り戻すことも手を延ばすこともできないものへと成り果てた、ならば痛恨の淵から「さらば！」とその世界に別れを告げ、遠ざかりゆくばかりの出移民たちのその目に「最後の光明」と映る何ごとかが、実はポルトガル勢力圏大博覧会を照らす装飾電光のそれであり、サラザール肝煎りの「新国家体制《エスタード・ノヴォ》」ポルトガルがこれをもって八世紀になんなんとする不羈の民ポルトガルの世を祝う仕掛けだったとの事実に行き当たるときである。アンゴラからモザンビークからゴアからマカオから、これでもかと贅を尽くし集められ一堂に会せしめられた民芸品、植物尽くし、土着民に各地の珍味名物料理の数々、その集大成が高らかに掲げる謳い文句は「世界にまだその先があったなら、我らはむろん乗り込んでいた」、アールデコ様式の会場破風部《フロントン》に刻みつけられていたそれであったが、権威風を吹かせることにかけてその態度はベルリンのオリンピック・スタジアムにもパリのトロカデロ広場にも、はたまたスターリニズムがソ連の衛星国の首都に軒並み造らせた御大層そのものの記念碑銅像の類にも、決して引けを取らなかった。電光の濫用はこれまた中立国ポルトガルの立場を見せつける旗と翻り、祖国の偉業を称える大事な周年行事としてのみならず、一統治者の深慮、ことによると抜け目のなさまでをも壽いでいた、というのも、六十年の距離を置いて今なら目鼻のつけられるその人物の些細な仕草の違いも一九四〇年当時にはそうたやすく見定められるものではなかったからなのだ――あの頃サラザールと言えばファシスト、そのファシズムなるものから逃げのびんとする者たちはヨーロッパ見殺しを確たるものとする出航のそのとき、敗北喪失の途方もなさに心揺さぶられ、できることといったら凱旋行進よろしく帝国の力を見せつけるきらびやかな光、光、光の瞬きを前に、胸詰まらせることばかりだった。

二

私は今「鷲の巣《ニニュ・ダス・アギアイス》」という名の安宿《ペンシオン》のテラスに座している。目の前に大きく広げたリスボンの地図は、なにぶん初めての訪問だけに不可欠と思われ持参したもの。こうしてみるとこのテラスはリスボン全景を制するとたしかに言える——我らが恩寵の聖母の丘《ノッサ・セニョラ・ダ・グラサ》はほぼ真正面の右手に鎮座し、それより遠くにはエドゥアルド七世公園やサン・ペドロ・ヂ・アルカンタラ公園が背丈では劣るもののそれと見分けられ、眼下にはポンバル侯の都市設計が平面幾何学の優美さに結実したリベイラ宮殿跡地《テレイロ・ド・パソ》を水際に眺めやることができ、我が背後にはサン・ジョルジ城の控えること、その聳える丘を上まで登りきったところにこの宿が位置することも知れ、さて足許に転ずれば、斜面伝いに下ってゆくと旧市街アルファマの、名所案内言うところの「モリスコの迷宮」へと行き着く。

実のところ地図を広げるまでもなかった。それこそ、この目に入らないものがどこに位置しているかも自分は承知している――アルト地区の向こうにはラパ、さらに向こうにはベレンへと続く街道が。ニューヨークのレオ・ベック研究所へひと月毎日のように通い詰めるうち、さっき挙げたような名の数々をこの頭の中の模型《マケット》のどこに置けばよいかすっかり会得し、お蔭でそれをもとに古色際立つ何点かを含む別種の市街図まで組み立てられるようになり、あまつさえ自分など登場しない想い出話をよくもまあ幾つも再構成することにまでなった。バイシャを例に取れば、その地区を貫くアウレア通り《ヴィア・アウレア》を指し示すなど訳もない、一九四〇年のある日の午後、その通りで祖父のすれ違った相手アネット・コルブは値が三倍にも高騰したニューヨーク行き飛行便（当時「クリッパー」と呼ばれていた飛行艇）の切符代を工面しようと大事な指輪類を売れる先はないか宝石商を探し歩いていたのだし、パルメラ公爵通りならここ、その通りにあるドイツ語書籍専門店は書棚にぎっしりトーマス・マンの著書を揃え、兄ハインリヒその人が自著の一冊とて並んでいないのを見て地団駄踏む、そんな場面を祖父は心ならずも目撃する羽目となった。

私がレオ・ベック研究所に出向いたのはこの祖父の残した手稿を調査するためだった。ダンボールの大箱五つをぱんぱんにするほど、心覚えの手帖から手紙から、大量の書類は大半がバラの紙切れだが、触ると消えてなくなりそうな「玉ねぎの薄皮《オニオン・ペーパー》」にタイプで写しの取られた原本として、そこに眠っていた。ほかに「雑纂」と記された封筒類があり、そこに納められていたのは名刺だの、私には何者か特定しようのない人々の写った写真だの、列車の切符だの時刻表だの、ただし列車の行き先は私にはピンと来ず（最も頻繁に往き来されていた経路はリスボン－エストリル－カシュカイシュ間）、あとは一九四五年五月十七日「カサブランカ」のリスボン封切り初日のポリテアマ劇場謹製上映の栞《プログラム》。

　祖父は名の知れた物書きだったわけでなく、本人亡きあと何か運のいたずらが再評価をもたらす余地ありとは身内の私ですら思えない。たとえばヨーゼフ・ロートの手稿とは違い、祖父の書きつけを見に訪れる者がしじゅういるわけでもないが、それでも研究所が大箱五つを引き受ける気になったとすれば、祖父ほど忘れ去られていない作家多数と知り合いだったせいに違いない。そうした作家たちと第三帝国からの逃避行を分かち合った祖父は、避難先となるアジールを探し回るものの、アジールというアジールはいつどうなるとも知れぬ場であることが次々明からさまになり、これまた数多の同輩たち同様一九四〇年にリスボンへ流れ着き、その地から新世界《アメリカ》行きの船、飛行機よりは危険でも手のかからない船の便に何とかありつけないかと機を窺っていた。

　それから六十年後、静けさに包まれた、研究所の居心地よい薄暗がりに身を置き、席ごとにひとつ取りつけられた灯火が机上にくっきり光の輪を描き点々とアクセントを形づくるなか、何とかまだ往時そのままに保たれたそれらの文書、色の褪せないインクによって記された書きつけに私は目を通し終えたばかり。毎日暮れ方を迎え、研究所の水底から騒音の巷へ、不機嫌な通行人が行き交い尊大そのものの正面《ファサード》が居並ぶ五十三番街の表通りに浮上しても、自分の生きている今の世界、今の時代に戻ったとの感覚を得られなかった。二年ばかり前にはこの自分でも興味を持てずにいながら、つい何ヵ月か前、奨学金申請の立派な理由になるとわかり手を着けてみた家族の歴史《イストリア》、それが蓋を開けてみると身内の話だからという域をすっかり越え、リスボンという都市、一九四〇年という時代がほぼ間髪入れず私の心を摑んで離さなくなっていた。この物語《イストリア》この奨学金のお蔭で昨日リスボン入りを果たした。ひと月は留まるつもりだ。

いかにも春の初めらしい今朝、朝食を摂る前にこのテラスを見つけ、ここを日々の仕事場にしようと心を決めた。持参した何冊ものノートと、整理したとはいっても間に合わせの心許なさがつきまとうことは間違いない、何百枚ものコピーを挟んだ書類綴じの束は部屋にある。コンピュータはニューヨークに置きざり、ポケットには心覚えを書き留める手帖一冊とボールペン二本、我が任務にはこちらの方がふさわしいという気がしたのだ。リスボンで迎える初めての朝、今朝は随分と早起きしてしまったが、じっとしていられない気持ちが募り、自分にとって謎にして宝である何かを、自分のために、他の誰でもないこの自分だけのために大事に仕舞い込んでくれているこの都に乗り出したくてうずうずしているからなのだ、その私がテラスから眺めやる都はゆっくりと気だるいまどろみから醒めてゆき、その間にテジョ河の水面にかかる金色の靄も散り散りになる。

三

我が祖母の名はアンヌ・ヘイデン゠ライス、そしてその一族、つまりニューヨーク州北部ハドソン河の岸伝いに庭園を抱え年季の入った資産を継いできた一族の度肝を抜いたことには、二十八歳のとき、まずは結婚する気など毛頭ないことを天下に公言してのけた上での仕儀だが、彼女はリンカーン大隊、もちろんあの、スペイン内戦を共和国派側に立って戦った国際義勇軍の一部隊のこと、そのリンカーン大隊に志願してみせた。救急車のハンドルを握り、前線を後衛をと駆け巡ったのだ。バレンシアやバルセロナでは共和国軍の前線から社会主義者とアナキストとを追い立てるべくスターリニストが仕組んだ謀略を目のあたりにし、密告や裁判抜きの処刑の恐怖にも怯まなかった。ピューリタンとしての彼女の良心がレアルポリティークの名のもと仕掛けられる策謀に吐き気を覚え始めるのは、その人生をどうにも分かちがたく結びつけざるを得なくなる男たち、ドイツ出身の義勇兵二人組をちょうど知った頃だった――その二人とは、テオ・フェルダーとフランツ・ミューレ。

二人は彼女よりこころもち年下、ベルリンではともども美学生だったが、それは国家社会主義が権力を手中に収め、テオ一家の背中を押しバーゼルに落ち着くことを考えさせるより前の話。ユダヤ系ではないフランツは「シュプレー河のアテネ」に特段の不都合なく留まることもできたのだが、そこらじゅうに逆卍がはびこり、軍靴が都の舗道を横柄に闊歩し活動小屋《シネマトグラフ》やカフェが戸口に「ユダヤ人お断り《ユーデンフェアボーテン》」の貼り紙を見せつけるのに辟易し、気後れと安堵の念とに挟み撃ちとなるフランツは友のことを思わずにいられなくさせられた、そう、あの友、命拾いをした友、遠きにありて、それでいていつだって目の前に在る友、ライン河に分かたれた土地のスイス側から常に動静を知らせて寄越す、疲れ知らずの友のことを。スペイン内戦は理念よりむしろ心情において勝るその反ファシズムが熱に浮かされ気味のまま広く受け入れられていたが、そこに参画すれば、自分たちの夢にふさわしい冒険を旨としつつ友と再会する可能性も開かれる。向いてもいなければ訓練もそっちのけのまま二人はバルセロナに落ち合い、両名が互いに抱く暗黙の願望(だろうとこの私が当たりをつけているもの）の間に橋を架けられるおそらく唯一の女性、アンヌと、そこで出会うことになった。それとも、暗黙の願望とは彼女の暗黙の願望（だろうとこの私が当たりをつけているもの）だったろうか、ひとりひとり別々に愛するなどできないはずの男二人の間に立ち、二人を繋ぐ橋となる道を彼女に許したのは？

　共和国に操を立てた者たちの敗北後、アンヌは出立に何の支障もなくオルバニーの実家へと戻ることができた、がそこは、かつて窮屈で済んでいたとするなら今は病後を過ごす者たち用のサナトリウム、彼女にとっては窒息を強いられるだけの館だった。テオとフランツはピレネーを越えたはよいものの、即刻フランス当局に収容所へと放り込まれた。仏軍にとって第二次世界大戦などさして続くことにならなかったが、フランスの敗北と続く占領とは、彼ら二人にとり看板の掛け替えを意味すれば上出来だった——「好ましからざる外国人」から「敵国人」を経由して「ボリシェビキのドイツ野郎」へ、即ちフランス側が面倒を見る捕虜収容所に比べ水漏れの少ないどこぞの施設に送り込まれるだろうことは目に見えていた。一九四〇年夏の初め、看守数名が上の空でいてくれるよう買収に成功し、二人は徒歩でピレネーを南に越えたが、何とそれから何週間もしないうち当の山越えルートは立派な商売として成り立つようになり、これに携わる者たちは道なき道やら人ひとり通るのがやっとという隘路やらを熟知していればいるほど胸張って「通し屋《パスール》」の号を名乗る始末、さて二人は夜空の下を幾晩も、夜陰に守られ脇道伝いにカタルニア、バレンシアを通り抜けアンダルシアへ、ある日アヤモンテに夜明けを迎えグアディアナ河のほとりまでたどり着き、いよいよ渡し舟で向こう岸のヴィラ・レアル・ヂ・サン・アントニオへ、というところまでやって来た――疲労困憊の極にありながらも果敢にスペイン語《カステジャノ》を話そうと必要な努力を惜しまぬ異邦の二人、その二人が会話のはしばしに船長《カピタン》船長《カピタン》と繰り返し自分のことを持ち上げてくれるのに気をよくした船頭《ピロト》は、治安警察隊の目を盗んで両人を一台の自動車内に匿い、押し込められた側の二人は気の遠くなるような渡河の二十分を車中に抱き合い縮こまってやり過ごした。電話線を伝う呼び出し音がまずはかすれた物音に始まり、何かの軋み、聞き分けようもないヒソヒソ、遠くから響く轟音を経て、やっとノンヌの声を二人の耳にもたらした――リスボンで会いましょう、それと「できるだけ早く」米国領事館気付でまとまった額のお金を送りますから、そうその声は告げた。

ここまでの何もかも、私は承知している。祖父の残した手紙類や手帳の記録に書き留められ、母が祖父から聞かされ後年この私に語り伝えた事実ばかりである。想像をふくらませたのは情愛面の味つけ少々、おそらくはそれも月並みな味つけだろうが、人間の行動を説き明かさんとするどんな手がかりにもそれはありがちなこと、ともかくそんな味付けを施すと、文学という形を介してのみやっと自分にも理解の及ぶ過去、その過去を生きた人間たちに多少とも近づくことができる。謎の核心は、しかしながら、くすぶったままある。一九四〇年某日、アンヌとテオは米国領事館に婚姻届を提出、直ちにニューヨークへ向けて発つ。フランツはポルトガルに留まるのだった。

私の問いは数限りなく増え、問いのそれぞれがさらなる問いを山と引き出す。祖母の方から相手を選んだのか？　朋友同士の側から何らかの決断を下したのか？　状況に迫られての結婚だったのか？　愛情ゆえではおかしいか？　フランツの身には何があったのだ、レオ・ベック研究所の物言わぬ文書箱がいくら閲覧者を温かく遇してくれようと、フランツに関する資料は第二次世界大戦中に本人がポルトガルから書き送った手紙二通が保管されているのみで、その後のものは何ひとつないではないか？　彼の命運や如何に、身を証《あか》しだてる書類の持ち合わせなく、あるいは身分証明書を手にしていたとしても既に無効であったり、進んで選んだわけでもない国では却って身を危うくする紙切れと化しているかもしれない、第一、中立を掲げてはいるが芯の通らぬ軟弱な姿勢をいついつまでも保てるものやらおよそ怪しいその国で？　朋友二人は別離をどう生きたのか？　どのようにして別離に到ったのだろうか？　二人の間で何が断絶したのだろうか？　バーゼルとベルリンの間では一日おきというくらい頻繁に心逸る手紙を交わし合っていた彼ら、再会の機を手にしたいがため他人の戦争を自分たちのものとするに及び、そうすることで国籍なる観念そのものへ異議申し立てもできようかとはかない期待を抱き、終には二人だけの一体いかなる秘事を分かち合ったのか、いずれ私の祖母となる女性、恐れ知らずにして向こう気の強いあの米国人女性と果たして二人はいかなる共犯関係を契ったのか……。

彼らの間で何かがすっかり断絶し果てていた、そのことについて疑問の余地はない。

四

一九四〇年九月三日　オルバニーにて

大切なお二人さんへ――

こちら宛の便りに投宿先の手狭な様子がよく描けていたけれど、そのことに苛まれる必要はなくてよ。部屋の造りつけ棚《プラカール》の奥を探ったら擦り切れて毛羽立った革の上着が見つかって、しかもその内ポケットからはハンガリー旅券が一冊出てくるは、御丁寧に写真の剝がれた旅券だなんて、小説の幕開けとしては出来すぎね、もしフランツがそのうち政治ごっこに飽き飽きして政治よりずっと上手に捌ける何ごとかにすっかり献身する決意を固めれば、だけど……。そうは言うものの、運よくそんなお宝が見つかったからって、二度目があるとは思われないし、何も貴方がたがわざわざ鰯を焼く匂いの染みついた壁に囲まれ続けて過ごさなきゃならないわけじゃないでしょう、鰯の匂いは鱈ほどしつこくないにしてもね。

この手紙をリスボンへ届けてくれる副領事は信用状も持って行ってくれることになっています、そしてその信用状さえあれば、貴方がたがエストリルのパレス・ホテルに居つくのにも食費にも困らないはず。パレス・ホテルは最上だと太鼓判を押されたし、そこならお隣りの浜辺に足を伸ばしてみる気にだってなれそうよ、もちろんこのご時世に浜遊びなんて軽薄すぎるという心境に貴方がたがならなければの話だけど。泳ぐなら羽目をはずさないでね、お兄さんたち！

朗報はさておき、次はそこまで良い知らせではないの、かといって心底どこまでも災難というほどじゃないわ、もっといくらでも恐れる余地はあったわけだから。現時点では合州国への移民ビザを取得するのはかなり難しいの、うちの父——珍しくこの件に関しては例外的に私の肩を持ってくれている——の影響力をありったけ動員してさえね。婚姻関係を盾にしてさえ、こんな時局下、私たちのような（私たちとはつまり私と、貴方がたのうちのひとりということね――まさか米国官憲が空とぼけた算術計算のゴマカシに目をつぶるはずはないだろうから）組み合わせとなるとどうにも胡散臭いと見られて、外国人の夫には、それも出身国の国籍を剝奪された夫とくればなおのこと、我らが天国への入境を認める前に暫く待っていろと突きつけられるでしょうよ……。対して、危機に瀕したユダヤ人を救え、と動いている機関は多いの……。

フランツ――こんなこと容易に受け容れられはしないだろうと私も承知よ、でも状況が状況だけにテオの方が有利なの。（ユダヤ人であることが終いに得になることもあるなんて、一体誰が見通せたかしらね！）私がそちらに到着次第この件については委細話し合いましょう。当面は貴方がたに当地の状況のほどを知ってもらいたいのと、米国への移住の可能性がどんなふうに取り沙汰されているか理解してもらえれば、と思います。

バレンシアのあの晩のこと、忘れるはずなどないでしょ、灯火管制が敷かれ対空警報鳴り響くなか、打ち捨てられた社会主義者たちの集会所、その物置きに見つけたボトル半分のアニス酒《チンチョン》を三人で分け合ったわね、忘れはしないわ、私の約束を、貴方がた二人の仲を裂くようなことはしないと誓ったわね――私たちはいついつまでも三人、断固三人一緒、決して二足す一にはならないと。お願いだからよくよく考えて頂戴。もし決断を下さねばならない時には、この私が割って入るのではなく、貴方がたの間で決めてほしいの。

二週間したら、悪くても三週間以内にはそちらに駆けつけるわ、また貴方がたと一緒よ。時に私の目にはすべて破滅としか映らない、ヨーロッパも、この戦争も、私たちがかつて欲したものことごとくが、すべて台無し……。ともかく、もし世界が終わらねばならないのなら、終焉前のひととき一緒に過ごしましょう、でももし地球が回り続けねばならぬのなら未来は貴方がたが決めるのよ。
貴方がた《チコス》、二人とも恋しいわ。

アンヌ

五

——何でもありだ……。御覧なさい何て恰好だ、何てお行儀だ……。それにあの体つきときたら！　もう何でもよくなっちまった……。ホテルが懐しくなる日もありますよ、でもね、私が懐しむのは以前の姿。エストリルが今日こんなになっちまっても私が変わらず働き続けたいだろうなんて、まさか思わないで下さいよ。

ドン・アントニオ・カルヴァリョは右手に判然としない仕草をさせたが、それは保養地の砂地を埋め尽くす下々民草を手招きしようとしてなのか、あるいはもしや彼が背にしているパラシオ・ホテルの巨体、つい先だって塗り替えたばかりのホテルの、いまだ堂々たる偉容に人の目を向けさせようとしてだったのか、いやきっと彼はただ他意なく煙草の煙を散らしたかっただけ、クレイヴンAと称する銘柄の早や二本目か三本目を落ち合ってから半時間のうちにふかしていた。

ときは午後五時というところ、だが今日は四月というのに夏を先取りせんばかりの暑さが訪れた初日とあって、すっかりその気になっている群衆がリスボン近郊の浜辺に押し寄せかまびすしい、その目的はといえば、己れの肉体を少しでも手広く、お上の許可なすったぎりぎりまで目一杯、日光に晒すことだった。

――あの時分、タマリスのような保養地は余暇を過ごすには優雅な行き先でね、取り巻きも上流どころを揃えた人々ばかりが気晴らしに来ていましたよ。つまりは我々ホテルの従業員ごときが足を踏み入れるなぞ御法度だった……。主人たちが使用人と肘突き合わせるなどあり得なかった。パラシオに今でも勤める友人たちが言うには、オランダ人のある一家は子供たちの面倒を見る係まで自分たちと同じテーブルにつかせ、この子守女が自分の食事も自分で選びたいものを選んでいるんですと……。一事が万事この調子――カジノはスロットマシーンだらけになり、唯一賭けのできる、そこなら誰でも出入りできる広間には、ズボンをはいた女たちが陣取っているときた……。

会話をある方向に仕向けるのは困難だった、というのも会話というには独白でありすぎたからだ。年配の人たちにはありがちだが、ドン・アントニオも聞き手は自分の話に興じているはずと安心しきり、こちらが特定の話題や人物への関心を差し挟もうとしても、自分にとって注意を払うに足るそれではないと見るや、いくらこちらが頑張ろうにも決して道をはずれてはくれなかった。私は彼に訊いてみた、彼の言うところの「あの時分」、滞在客たちの政治的共感がどちらを向いているか知れていたのかどうか。

——そんなこと訊かれてもねえ……。たとえばウィーン人の医者の男女、姓はベッケルとしますか、その二人組が合州国の入国ビザが下りるのを待っていて滅多に部屋から出て来ないとすれば、あれこれ疑念をめぐらせる余地はなかったですな。新世界《アメリカ》へ辿り着こうと死にもの狂いになっていた連中は四一年の初頭に出払ってしまいましたよ、だからその波に乗らず残ったくち、あるいはその後に到来したくちとなると、素性はそれほどはっきりしなくなりますな。トルナイという姓の商人のことを憶えていますよ、輸出入商会の代表だとか、ダブリンだベルリンだとしょっちゅう数日がかりで出張してましたな……。それからアルゼンチン旅券を持ったルーマニア人もいたっけ、午後はずっと眠りこけていてカジノの開く時間になると目を覚ますのがお決まり、それがある日、賭けの借金とホテル代を残したまま忽然と姿を消したので、後になって帝国《ライヒ》公使館が清算していましたよ。おたくはアメリカさん《ノルテアメリカノ》？

投げかけられたところに敢えて抗弁したくはなかった。よく知りもしない相手に我が身内の物語を聞かせる気はなかった、何しろ一族の同じ世代の間ですら国籍はてんでんばらばら、旅券も一人で二種三種と使い分けるのが誰しも当たり前という一族。そもそも先方には米国の某財団の依頼による調査なのだと説明してあった。だがこちらが嘘をつく間もなくドン・アントニオは続けてまくし立てた。

——あの時分おたくと同じお国から来た物書きのお人が何ヵ月もホテルに逗留されたんで——プロコシュさんというその人とお近づきになりましたよ。いやドイツ系の名前なのはわかってます、でも米国人でね。物書き——物書きらしく何でもかんでも書き留めていましたよ。スパイだと信じている人も多かったが、私に言わせればスパイってのはスパイらしくなく振舞うものでしょう、どうです？　このお人は時に私に金をくれた、といってもそう特別な扱いはなくチップをはずんでくれるだけなんだが、出入りのお客たちの話をするのと引き換えにね。思うに小説のタネにする材料を探していたんでしょうな。当人は全くの紳士でしたよ——何事も常に非の打ちどころなし、言葉だって幾つも操れた。皮肉屋でもあってね。よく私にこう言ってましたよ——「この戦争で誰が得をしているかって、勝ちが込んできているのはあんた方だよ」とね。外国人がやたら溢れているこの状況にポルトガルの猫も杓子もうまいこと便乗していると言いたかったわけですよ。一九三九年夏の書き入れ時は戦争勃発を受けて商売上がったり、けどまあ、商売が一番大入りだった一九四〇年の秋以前からだってもう、エストリルでは寝床にありつけるなら肘掛け椅子にだって大枚はたく人たちがいましたよ。アトランティコ・ホテルなんか屋根裏にまで部屋をしつらえて、浴室に寝台を入れましたからね。これより下はないくらい貧相な安宿までが戸口に「満室」の札をこれ見よがしに吊るしたほどで……。

不意にカルヴァリョ氏が疲れを見せたように私には思えた。その声はべたつき、とり立てて探し回らねばならない単語でもないのに足踏みするのだった。私は丹念に目をやった、彼の着衣は時流に左右されない意匠、細心の注意を払って切り揃えられた口髭、そこに混ざる白いものには目立たぬながら白髪隠しの術が施され、片やもはや雨ざらし陽ざらしの頭蓋は今さら白髪を誇示することも叶わなかった。暑さは一歩も退く構えなく、その頭蓋はみごとに光っていた。ポルト酒を一杯いかがと誘ってみるも御本人はウィスキー（本人曰く「スコッチ」）の方がよいと言い、ならばイングリッシュ・バーかオテル・パラシオのバルかどちらを選びたいか水を向けると、彼は己れの想い出が詰まった舞台を再訪する方を選んだ。いざ足を踏み入れようとして、その前に彼は二度三度、額にトルコブルーのハンカチを軽くすべらせた。

ホテルのバルは気取りの影のつゆとも覗かないくらい控え目な内装ぶりを我が目には印象づけた。カルヴァリョ氏の方はしかし、アルコールをゆっくり口にふくみゆく間にも冷やかな目であたりを見回し、その眼差しにこんなものは認められないとの意が脈打っているのを私は感じとった。本人が言い出さないのでこちらが先回りした。

――かつてとは様変わりですか？

――自分の目でとくと御覧なされ――カーテンの天鵞絨《びろうど》は化繊ですよ。このテーブルは木製、そりゃそうだ、でも合成樹脂《フォーマイカ》のお蔭でうっかり見誤るわけだ。

六

何事にもびくともしないアルマ・マーラー（一九四〇年のリスボンではアルマ・ヴェルフェル、さらに遡るとアルマ・グロピウスだが）が何かの間違いから発つことになった、しかしついぞ気の毒とは言えないその亡命行に一ダースを越える行李をぞろぞろ連れ歩き、どれにも当人にとってはなくてはならない物が詰まっていたわけなのだが、査証や鉄道切符の日付が噛み合わないせいで行李の大半がボルドー、サン・ジャン・ドゥ・リュス、マルセイユと経巡るフランス鉄道の車輌を行ったり来たりするうちに行方知れずとなった、そんな逸話を読むと、頬を緩ませずにいるなど私には難しい。彼女にとりリスボンはせいぜい本題の合間に挟み込まれた括弧のひとつにすぎない。デーブリーンなりマンなりが幾ばくかでも情のこもった気遣いをこの都に振り向けたとするなら、それはかくも夥しい難民たちの右往左往からしゃなりと離れて立つこの都を観察するには自分たちの命運に苦悩することで手一杯だったからなのだが、こなた音楽家の女神《ミューズ》として泣く子も黙る存在となるマーラー夫人がリスボンと言われて思い起こすことになるのは、ウィーン出身の詐欺師にスターリング・ポンドを幾ばくか巻き上げられたこと、するとホテルのポーターが天の配剤の如き助け舟を出してくれたこと、その二つに尽きていた。いやうまくすると、ネア・ヘラス号の食事ときたら口に入れた途端吐き出しそうな代物だったとか、歴代の夫のうちちょうどそのときその役務が当たっていた男の人となりをたっぷりひけらかすのにふさわしい場面もなかった、と嘆いてみせるくらいはしたかもしれない。既に数ある夫たちとの前歴から学び取っていた、彼女のいかにも彼女らしい仮構の才能なるもの、それに確かに存在するとの幻想をあてがってやることこそ、闇のなかから奪還できる唯一の光明なのだということを。

七

ポルトガルの日刊紙の一紙たりとも、一九四一年九月二十五日にリスボンから失踪したベルトールト・ヤーコフのことを記事に拾ってはいないらしい。私がこの名を見つけ出したのは、大抵の場合ほんのひとこと言及されているにすぎないが、今は亡き東西ドイツ両共和国、つまり一方に連邦共和国、他方に言うところの民主共和国、この両者がとある共通の過去にどのような評価を下すべきか天秤にかけ互いに張り合っていた時期を学術的に調査しようとすればしばしばぶつかる（出移民《エミグレイション》、亡命《エグザイル》その他大勢の）分類目録の山のなかからだった。

当時その時点でヤーコフの失踪が何ら手がかりを残していないとしても、おそらくはもっともなのかもしれない。ジャーナリストとしての彼は新聞が黙して語らぬところを公表し、報道の「裏側」を声高く触れて回ることに人生を捧げた。ベルリンに生まれ、一九一七年、十九歳にして第一次世界大戦の戦列に加わることを志願したが、それはプロシア王国かオーストリア゠ハンガリー帝国かを問わず、すっかり同化の度合いを高めたユダヤ人たちの間にいくらも見られる行動だった。一年後、戦争から戻った彼は平和運動の闘士と化していた。クルト・トゥショルスキイ、カール・フォン・オシエツキイら政治の世界へとなだれ込んだ文人たちと親交を結んだ。一九二九年、「祖国への裏切り」の廉により収監八ヵ月を言い渡されたのは当人のものした記事ゆえに晒されることとなった数ある公判のうちの一例に過ぎない——ドイツがヴェルサイユ条約に背を向け重工業界から資金を得て秘かに進める再武装は彼の記事の恰好の標的だった。一九三三年には国家社会主義が権力の座に達し、彼をドイツ国外へと追いやった。彼の選んだ落ち着き先はストラスブール、つまりフランスに居ながらドイツに最も近い地であり、その地から彼は書き続けるのだった、独仏二言語による新聞を指揮し、自国で既に勝利を固めつつある体制、下手をするといずれ全欧州を席巻しかねない体制に、良心という名の叛旗が次々翻るようせっせと風を送りつつ。

一九三五年のこと、彼の許に拒むに拒めない申し出が届いた——バーゼルに亡命したばかりのドイツ人二名が同国の再軍備に関する極秘文書を彼に手渡したいという。国境のスイス側に位置する駅へ彼を出迎えた使者は同志たちの隠れ家に案内してくれるはずだった。ライン川が仏独両国の間で屈曲し角を成すあたり、バーゼルの町はずれは隣り合う国々へ割り込んでいるのだが、そのことをヤーコフはめでたくも知らずにいたわけだろうか。彼の乗り込んだ自動車は右へ左へとさんざんに道を曲がり、河に架かる橋をこれまた幾つも渡りまくり、挙句の果て方向感覚のなくなった客をおよそそれと判別できるはずのない国境線のドイツ側へ置き去りにし、待ち構えていたゲシュタポ要員により彼は速やかにベルリンへ送致された。

この当時の史実としては唯一無二、自国領土が侵害された一件につき奇特にもスイス政府は正式なる非難を申し立て、これまたこの当時の史実としては唯一無二、第三帝国はスイスの言い分に譲歩した。フランスに帰り着いたヤーコフはやつれてはいたものの脅迫に萎える風はなく、自ら選び取った使命を遂行しつづけたがそれも一九三九年九月までのこと、あれほど恐れられていた新たな戦争が現実のものとして勃発するや「敵性」外国人の例にもれずフランス政府の手により収容所へ放り込まれる。逃走、隠れ家、ニセの書類、逃走、隠れ家、ニセの書類を繰り返し、マルセイユからマドリードへ点々とたどる逃避行、そして一九四一年八月のリスボン到着に至る過程のそれぞれが、その他大勢の辿った道と同じく命懸けの旅の一章一章をなす。

　ゲシュタポともあろうものが獲物に逃げられる、まして正規の法手続を踏んでまんまと逃げられたなど面子が許さず、ひと月後、今度はリスボンを舞台にゲシュタポ要員たちはヤーコフ拉致劇を再演してみせ、獲物をベルリンへ送致するに当たってはマドリードから空輸、というのもマドリードならドイッチェ・ルフトハンザ社が空の便を独占していたからである。アレクサンデルプラッツの獄房、見世物まがいの公判、「健康上の理由」を謳う病院送り――ヤーコフの物語は手が届きそうで届かない出どころ不詳の消息の波間に行方知れずとなる。結末だけは、ベルリンのユダヤ病院入院簿が書き留めている一九四四年二月死亡という一行をもって閉じられる。

　なぜ自分はこの人物に心奪われるのだろう？　政治に入れ揚げることも「告発」ジャーナリズムもついぞ私の性には合わなかったし、たとえたまたま意見の一致することがあっても、政治的使命を司牧のように施そうとする連中が振りかざす高ぶった倫理性には苛立たされるのがいつものこと。まさか、細々《こまごま》とした事実をこれだけ寄せ集めると、ヤーコフの悲痛な運命が我が祖父母のほとんど浅慮と言ってよい物語と結びついてくるからなのだろうか？　まずはバーゼル、贅沢三昧の名門ぶった都市はまた、大っぴらにはできない秘匿の動きには蓋をし、かと思えば隣り近所との国境は穴だらけのまま、ヤーコフが拉致された当のその時期テオ・フェルダー一家を住まわせていた。テオたちは果たしてヤーコフ拉致の一件を耳にしただろうか？ フランツ・ミューレは学生時代トゥショルスキイと会ったことがあり、詩人の作詞曲を歌うまでになっていた……。ヤーコフが辛うじてひと息つけたリスボンでの一ヵ月、はかなく短いひと月足らずのリスボンの街角に、よもやフランツが彼とすれ違ったことはあるまいか？

愚にもつかないこの手の虚構をありったけめぐらしてみたとて、その向こう側にまたもや認めずにはいられない、光から遠く世に埋もれがちの人物たちにこの自分が覚える愛着を。「銀幕の世界同様、人生にもスターと脇役とがいる。」「人の一生などどれをとっても他人様の人生が数々綾なし交差してでき上がるものなのだ。」いずれも他人の言の引用だが、お蔭で私が我が祖父母を、ヤーコフを、同じころ彼らとリスボンに居合わせた他の有名どころより優先しても構わないのだと思えてくる。

八

時折夜も更けてから、それまで味わったことのない、あえて名付けるなら文化にあてられ過ぎた吐き気というほかない心持ちに急に襲われることがある。

突然、この都に関わる一切を無視したい、とりわけ問題の一九四〇年の日々、もはや明日は来ないのではないかと見える頃のリスボンに足を踏み入れた人々のことなど何も知らずにいたいと思ってしまうのだ。ただの通りの名ひとつ、菓子屋やホテルの名ですらが、物書きの耳にならら、歴史上に名の知れた人物を呼び出し、小説になりそうな耳目引く出来事《いわれ》を呼び出し、いつ何時だろうと私の記憶のもとへ馳せつける態勢を毛頭崩そうとしない。

二〇〇〇年の春に初めて訪ねたこのリスボンは、よそと比べればまずまず繁栄し、ヨーロッパ共同体の一員であることにも満足げ、とこの目には現われる。一方で私の直観が教えるのは、いくら今様を気取ってもその面《おもて》が糅《なめ》しつけきれずにいる、惰性の淵に沈み平気で先祖返りしてしまう都だった。サイバーカフェやらお手軽ドラッグやらテクノ・ミュージックやらがあたり構わず氾濫する、そうした地勢図の襞また襞の奥に畳み込まれ隠された、誇り高くもその誇りを傷つけられむっとした感のある古き都。私はそんなリスボンを、二つの建物の間から突如ぬっと現われる鋭い落差の間に感じ取るのだが、傷のように長く深いその崖は、彼方に河を見はるかすこともあれば、たいていは、路面電車と登山電車を足した風情の、「アセンソレス」と呼ばれる乗り物の通り道になぞり書きされている。

十九世紀末に至り、己れの来し方から実入りを上げるに装飾面に賭けることを決めた都市ならどこも御同様と言えるが、リスボンもまた今は亡き己れの栄光を観光の目玉に据える。ブロンズ製のペソア像と写真に収まろうとしている男がいれば像も男もブラジレイラ・ド・チアドが店の外に並べるテーブルを前に仲良く座っているが、訪問客の方はおそらくペソアなど読んでおらずとも不思議はなく、仮に男の読みつけている新聞の文藝付録にペソアの幾つもの異名を論じた記事が載ったのでたまたま何かしら読んでいたにしても、異名による作品の空前絶後の特異さがいったいどの地点までポルトガル、ペソアの誕生を目撃した国の、またリスボン、ペソアが隠花植物のように身を潜めた都の、その行く末そのものの形象であるか、まさしく類を見ないからこそそのものなのだが、この男が探りを入れてみることなどありそうにない。私にとってのリスボンは一種の重ね書き羊皮紙《パリンプセスト》として在り、その地において祖父の旅程がその他大勢のそれと交錯しつつ、ただし祖父が実際に知己を得るのは大勢のうちの幾人かにすぎなかった……。中欧からの、いやドイツからの、もっと言えばスラブ系も含め、リスボンに身を寄せるありとあらゆる難民たちに私は思いを馳せる、誰もが領事館の待合室に落ち着かぬ時を過ごし、旅の手配を代行する業者の事務所に詰めかけては接客窓口で口々に要求を言いつのるのだった。ポルトガルについて何を彼らが承知していたろう？　彼らにとってのリスボンとは？　せいぜい出立の地点にすぎない、ひょっとすると絵になるというだけの都、なるほど己れの進んで探し当てた先ではないということは確かな、配給知らずの都、旧き佳き時代と変わらず美食が許され、彼らが逃げのびてきた他の欧州諸国の首都ではもはや許されようもない電灯の光が夜でもあたり一面広がるさまに目を細められる都……。果たして彼らはその逗留の間、地元のポルトガル人を誰かひとりでも、顔のわかる相手として知るに至ったろうか？

　なのに彼らなのである、我が用務の目的は。幾晩となく、アタライア通り《ルア》の「老舗食堂・家庭料理——五月一日軒」を辞すたび、我が意識の埒外にどうにかして彼らを追い払い心を無にして微風のそよぎにすっかり身を預けてしまいたい、との衝動に駆られるが、そのやさしい風が運んでくる、たとえば炭火の炙り台の上でこんがり焼き上がる新鮮な鰯たちの匂いときたら、茉莉花《ジャスミン》や忍冬《すいかずら》たちの香りにひけを取らないくらい私には喜ばしい。しかしこの身を五感の命ずるがままに委ねられる、五感が私を組み敷いてしまえるなどと考えるのは幻想もいいところだ。私にとってのリスボンは蜃気楼の都にして、影たちとの会話に立ち戻らねばならぬと悟るには色褪せ文字の剝げかかった看板の一枚（「ペンション・昔日のプラハ《ヴェーリャ・プラガ》」とか？）も目にすれば事足りてしまう。

九

一九四一年十月十五日　リスボンにて

親愛なる友たちよ——

我々が離れ離れになってから一年以上が経ったのでよくこう自問してみる、愛情深くも冒瀆的なアンヌの発案は実を結んだだろうかと。父親を二人もつことなど可能か、この世に遣わされる存在の目鼻立ちが腹心《ファクトトゥム》の一方あるいは他方を、よもや裏切ることにならないか、それを知るには九ヵ月あれば充分だった……。いや、これでは文通の始まりになりかねないが、僕としては少なくとも当面は、信書検閲係に僕の名も住所も明かしたくはない。よくよく掘り下げれば、人の名前ひとつ如き、そしてその身許を請け負う書類の一点程度が愛のために差し出せるすべてだとは思えない。どこまでもめそめそと感傷に沈んでアンヌのアングロ・サクソンらしい感性を苛つかせたくないから——もちろん先刻述べた通り、一方ではアングロ・サクソンの伝統にはおよそそぐわない発意に乗り出せるアンヌだけれど——二一五号室の盟約がもたらした結果については、もっとも結果がもたらされているとしての話だが、この僕は知らずに済ませる道を選びたい。だったら、なぜ君たちに手紙など書き送るのだろう？　こちらは生きている、とたぶんそのことを伝えたいがためというところか。当地では、数多の難儀と先行き不安とにもかかわらず、僕の気持ちは落ち着いていると思う。こんなことを言って君たちを慌てふためかせたくないけれど、いつだって僕は政治より文化に信を置いた。失礼してウェンネルストローム学士殿の言を引かせてもらおう、僕らがホテルで知り合ったあの人、自分の発言がどう響くか承知の上でこんな台詞を吐いていたっけね——「民主主義のスウェーデンよりファシズムのポルトガルですな。」

　ではまた近々、としておこうか。

名もなきベルリン男《ラノニモ・ベルリネーゼ》より

一〇

カシュカイシュ市の歴史文書館にはエストリルおよびカシュカイシュ両市のホテルを出所とする外国人往来記録のカードがほぼ一万五千葉ほど保管されている。これらのカードのお蔭で一九四〇年九月十日から十月二日までフランツ・ミューレとテオ・フェルダーの二人がパラシオ・ホテル二一三号室を相部屋にして投宿していた事実は私の知るところとなり、ちなみにアンヌ・ヘイデン＝ライスは九月二十六日から二人と同じく十月二日まで二一五号室に陣取った。彼女は米国籍、フランツはドイツ国籍との記載、テオについてはシュターテンロス（無国籍者？）とある。

ネア・ヘラス号は十月三日、ニューヨーク目指しリスボンの岸壁を蹴り立とうとしていた……。

まさかこちらの相手などしてくれるとは思いもしなかった文書館長の女性が、英語とスペイン語を淀みなく話す。ありったけ親切にこちらの話に聞き入るさまは、まるでそれが彼女の唯一の職務であるかのようだ。その執務室へは四月の午後でありながらほとんど夏に近い太陽が射し込むものの、巻き上げ式カーテンを通して光は濾し流され、爽やかな日陰を得て彼女の語りを何時間でも聞いていられそうな気がする。年齢に似合わずしめやかな威厳を漂わせ、彼女は遥かな往時を、まるでその時代を生きた人のように口にする。

――名簿に国籍ドイツとされてる人間が何も揃いも揃って第三帝国支持者だったわけじゃありませんから（政令ひとつで国籍を剝奪されたのはユダヤ人だけだったことを考えてもみて下さいな）、ポルトガル政府が上から課した中立なる空模様の下では、しかもまたホテル経営陣の側にはその空気を尊重することに大いなる関心がありましたしね、リスボンなら他所ではおよそ想像もつかない種類の接触が生じていたとしても充分理解できることですよ。

――ホテルによって特定の政治勢力に近しかったり反感を持ったり、ということはあり得たんでしょうか？

――そうかっちりとは分けられません。パラシオの場合、支配人たちはポルトガル人でもその上にひとりイングランド人が、お目付役の如く振舞っていました――これがジョージ・ブラック。そのせいでおそらくパラシオは連合国寄りとの評判をかち得たのでしょう。だからといってドイツ公使フォン・ヒューネがロンメル将軍の収めた北アフリカ戦勝の数々を祝うのに、パラシオでの宴を思いつかせる妨げにはならなかったし、それどころかそんなホテルだからこそ逆にわざわざこれ見よがしの祝宴を張る気にさせたのかもしれません。実のところ公使は三日にあげずパラシオで夕食を摂っていましたよ。

言葉を継ぐ前に館長はこころもち笑みを見せた――フランス産のシャンパンよりポルトガルの発泡ワインがお好みでね、メアリャダ産のサン・ミゲルです。

――ほかのホテルはどうです？

――アトランティコ・ホテルは親独派として名が通っていましたが、おそらくは一九三〇年代リスボンに寄港するドイツ海軍の将校たちが定宿にしていたからでしょう。一九四一年のことですけれど、ヒトラーの私設秘書と目されたあるドイツ人がアトランティコに三日間投宿し、この人物の任務はルーズヴェルトの使節団と会談し二国間和平をまとめ上げることだったと後日噂が立ちました。これまた実のところ、当時のアトランティコにはリッベントロップも泊まればチァーノ伯も、カナリス提督だって泊まりましたからねえ……。

皮肉のひとつまみが彼女の揺るぎなき客観性に微かな味わいを添える。

――収支の均衡を目指すなら、一九三八年にアトランティコを宿としたシュテファン・ツヴァイクのカードにも当たらねばいけないでしょうね……。

――恐縮ですが、一九四〇年十月二日以降パラシオ以外のホテルにミューレないしフェルダーという名の宿泊記録が見つかるか、教えていただけます？

宿泊者カードといってもよれよれの厚紙に手書きという代物でおかしくないのだが、そこに記された中身は既にコンピュータ上のメモリー、物質の体《てい》をなさない記憶に委ねられていた。仕事机の脇、低い台の上に控え目に置かれた画面を館長の検索の目が走る。幾度か操作の手を動かしたのち、私には異様に長く思える一瞬を挟んで彼女はこちらを見やる、が、その顔に笑みはない。つと私は理解する、彼女にとって私などたかが好奇心の対象、文書館に保管されているカードとさして変わらぬ掘出し物に過ぎず、私にとってそれらのカードが滅多にお目にかかれぬ骨董品なのと同じだった。

――一九四〇年十月二日、フェルダーとミューレはパラシオ・ホテルを引き払います。当館の記録を見る限り、どちらの姓の足取りもこれが最後ですね。

一一

「一九四一年三月二十三日払暁、幾筋かの光がテジョ河の面に足留めされたままの靄をおずおずと射抜き始めるころ、リスボン警察はテレイロ・ド・パソに隣り合う桟橋を気だるげに打つ単調な水の、その動きの狭間から身許不明の男の遺体を引き上げていた。その男(年の頃およそ四十歳か、背は高く痩身、栗色の頭髪は後退気味、切れ長の目、突き出た頬骨)はそのまま誰ともわからず終いになりそうだったが、辛うじて、上着の裏地に縫いつけられた名入れの小布が手がかりらしきものを示唆していた――J・ドリュスコヴィチ、仕立て屋《テイラー》、ザグレブ、と。然るに上着のポケットからは死体の主とは赤の他人の身許を証《あか》す宝がざくざく掘り出されるに至った――在ベルン・アルゼンチン共和国公使館発給するところの旅券が十六冊、スタンプも署名もいかにも本物らしさを備えていながらただひとつ致命的な手抜かりとともに——つまり旅券という名の冊子が保証すべきはずの所持人の写真は欠けていた。」

（ここに引用する文章の断片はただの一枚紙にタイプ打ちされており、冒頭の日付を持つ新聞と突き合わせてもそれらしき記事は見つからず、祖父の残した何冊もの手帖をいくら繰っても関連する記述はさっぱり見当たらない。私には、書かれなかった小説、ひょっとすると未完の小説の書き出しとでもいった感じに受け取れる。この一枚紙がテオの許に送られていたのか、それとも国を出るに当たって移民《エミグラル》テオが持って出たのだろうか？　そしても し、アンヌ・ヘイデン＝ライスと結婚して合州国に到着した男がテオ・フェルダー名義の旅券を携えたフランツ・ミューレであったとしたなら？）

一二

今日の午後は意を決し、市立図書館へ出向く日課を取りやめた、といっても一九四二年の日刊紙を綴じ込んだ分厚く図体のでかい合冊本たちが私の訪問を待ちかねていることなどあるまいが。既にスターリングラード包囲の時点までは行き着いたし、ドイツ軍部隊にとって包囲の七ヵ月は縁起でもない事態につながることも承知済み、ここまででももう感じ取れるのだ——もっともそれはおそらく、この私が事の生起から半世紀以上も後になって新聞を読み返すばかりに、あたり障りのないニュースの上にも何やら光明を投げかけてしまうという、ただただそれだけのことだろうけれど——風向きの変化を。たとえば隔週刊誌『シグナル』の売り子たちはもはやスイス菓子店《パステラリア・スイサ》の表に陣取るテーブルの間を行き交って声高く誌名を触れ回りはしない、ドイツのあのグラフ誌は各種言語取り揃えて発行され、腐りきった議会政治から救い出された欧州の、先々の見通しも楽観的な様相《イメージ》あれこれを勿体ぶってふりまくのがお役目だったのだが。輪転機の回るたび新生欧州建設なる偉業をせっせと持ち上げるグラビアが次々刷り上がる、それを山と積み、その山に肘つき身を預ける売り子たちは、今やたぶん、お菓子屋兼カフェから何メートルか離れたロシオ広場ことペドロ四世広場へ持ち場を移し、忠実なるお得意さんに買ってもらえるのをじっと待つさなかなのかもしれない、くたびれた靴磨きたちだの本業ではないながら物乞いに身をやつす者たちだのに混じり、広場の中央に立つペドロ四世像の下、ひとたびブラジルへ輸出後は皇帝ペドロ一世と名乗るだろう男の足許に……。

ブラジルか……。一九四二年二月、シュテファン・ツヴァイクはカーニバルたけなわのリオに自ら命を絶っていた。ほんの何週間もすれば欧州にはひと呼吸つける余地が開け出していたのに、と思いかける私は、否、また間髪入れず己れの思いつきを正すのだ——そこに仄見えた希望なるものは、実在したにしても、所詮はぺてんだった。運命の逆進も第三帝国が相手では、現実という名の舞台装置に黙示録をかけてみせようとの芝居がかったその資質をひたすら度し難いものにしてゆくばかりだった。オーバーアマガウの受難劇を白黒反転させてみたのか？（私は自問する、十年ごと自前の聖史劇をこぞって体現する田舎芝居の役者たちが何世代分も必要だったのだろうか、元の舞台への復讐劇やらお祓い儀式やらとして、しかも舞台を牧歌的なチロルから悪夢の野へと移し替え、近代的なはずの産業および労働の体制にしてみれば記憶にないほど大昔から保たれ続けてきた相貌《かお》をこれでもかと見せつけるのに——近代の正体とはつまり、いつでも切り捨てて構わない人命を奴隷の地位に縛りつけること。）アウシュヴィッツ、マイダネク、トレブリンカこそはオーバーアマガウ観光土産たるメダルの、煌めくメダルの裏の顔だったのか？

一九四〇年のこと、リスボンとエストリルを往き来しつつ亡命をめぐる混沌を見守っていたフランス人、当代随一の洗練さを誇る散文作家の眼差しには、美学を笠に着た世情通俗的人種差別の残滓がこびりついていた——「ユダヤ連中は他に比べて声高に話しまくり、何かとポルトガル語で割って入りたがり、『何と麗しいお天気！　何と美味なヴィニョ・ヴェルデよ！』などとポルトガル語で叫びがちだが、それというのも当地は我が家と信じ込みたいに違いない、リスボンにたかだか一週間ばかり居るだけでもはやポルトガル地付きのユダヤ人気取り、ユダヤ人のうちでも高貴な、イエス・キリストの死に賛成票を投じなかったユダヤ人に転身できた、そう自分自身に信じ込ませたいからに違いないのだ。スイスからユダヤ人を運んで来る乗合自動車はたとえ五十レグアも遠回りになろうとも、年若い農夫たちが車窓目がけて石を投げつけてくる、そんな四ツ辻を避けるべく旅程を伏せたままやって来る、そして到着するや否や先着の彼らは息せき切って車に群がる、すると降りてくるのはどこを見てよいやらわからない当惑の眼差しに生気のない髪、げっそり衰弱しながらも、いまだフランス語、英語、ドイツ語を話す者たち。彼らはなるほど確かにキリスト磔刑を支持したのだ……。」

同じ一九四二年、七月のパリではハイドリヒが「冬季競輪場《ヴェルディヴ》での急襲《ラジア》」をルネ・ブスケに命じていた。一九四四年のハンガリーでは弱腰ファシストのホルティ提督がナチの傀儡政権に首をすげ替えられようとしていた、それというのもソ連軍の前進を食い止める最後の、無駄な抵抗として独軍はハンガリー領を通過しようとしているのだが、老摂政が許可しないのなら、拉致されマウトハウゼンに収監されてあるその息子をゆすりのタネに使おうとの魂胆、とつと転じ、同じホルティ体制はぎりぎりのところへ来てユダヤ人を絶滅収容所へ送り込む、それまではゲットーにぎゅう詰めにされありとあらゆる専門職への就業から排除されながらもまだ何とか「最終解決」の途へは引き渡されずにいたユダヤ人たちを、そして一九四五年一月のブダペストでは、ドイツ官僚層の遅滞ぶりにしびれを切らせた鈎十字党の現地活動家たちが街頭に見咎められる限りのユダヤ人を手当たり次第ドナウの凍りかけた水面めがけて放り投げた。

そう、スターリングラードからの退却などたかが軍事上の一敗北を告げたに過ぎない。

地獄が断末魔の叫びを上げようと、地獄行きを言い渡された者たちにとってそれは結局のところ最も残酷極まる歳月と化すばかりになる。

図書館の薄暗がりに身を置く代わり、私が今日の午後選んだ先は、入り江《エスチュアリ》の水面に何も見えないほど眩しく照り返す陽光の只中。ここは見晴らしの丘サンタ・ルシア、腰を下ろす私の前に置かれたテーブルは表面にチェス盤の意匠を嵌め込んでいる。そろそろ常連の御老人たちが、パジャマのズボンに包んだスリッパ履きの足を引きずり気味に、あるいはまた一点の染みもなく純白そのもののシャツに同じくぴしっと隙もなくアイロンのかかった暗色の上着を着込んでここに現われ、両者の身なりの風情が違おうとお構いなく一局一戦を分かち合い、ただ黄昏だけが彼らの手を止めさせることだろう。五月の午後だけあってあたりの空気は生温かく、見晴らしの丘の蔓棚を覆う藤花の香気は微風のそよぎに乗り散ってゆく。遠目には、テジョ河の両岸に挟まれ、あるいは大西洋へ向かって、しずしずと歩を進める船舶の影。西暦二〇〇〇年の春が私の前ではいつしか一九四二年の春と二重写しになる、あの年の春、あの年の春が見せる黄ばんだ相貌《かお》と図書館で、今日の午後その黄ばんだ紙面の一枚一枚と向き合うのが我が務めであったはず——おなじ光、チェスを指すのも疑いなくおなじ指し手たち、そしてむせ返るような藤の香りもあの春とおなじなのだ。

違うのは固有名詞のいくつかだけ？　リスボンのごくごく細かい地名がいくつか違うだけ？　いやそれよりも、犠牲となる者たちの名前が違うだけなのだろうか？

一三

一九四二年十一月二十五日　リスボンにて

親愛なるアンヌ、親愛なる……フランツ、かい？

この手紙がクリスマス前に君らの許に届いてくれることを願っている。クリスマスをね、僕だって祝うのさ、かといって別に、新調した素性の身に義理立てしてだとは思わないでほしい。ベルリン住まいの頃から、ブライブトロイ通りの自宅居間に色とりどりの紙でこしらえた花綱だの真鍮の星に飾り立てられた樅の木をしつらえるほど同化していたわけではないうちの一家も十二月二十五日という日付を何やらどさくさ紛れに尊重し、どのみち僕としてみれば書物で知るだけの奉献祭《ハヌカー》に比べても違和感は薄かった。不思議なものだね、旅券に押されたスタンプ、judeなる語を形造り君のドイツ国籍を取り消す無骨なゴチック体の四文字が、今や君が何者なのかを証してくれ、しかも一度としてこの僕が気にしたことのない正確無比さを発揮できようとは……。ともあれ航空便扱いにして送り出すこの封書だが、果たしていつになったら北大西洋を飛び越える気になる飛行機が現われるやら、仮りに現われたとして機上に郵袋を積み込む余地などあるものやら、確たることはさっぱりわからない。

僕の名前も住所も君たちには告げないままで通すよ——おっとどちらもあるから、そこはどうか不安にならないでくれたまえ——、この戦争が終わらないうちは、なおかつ「ハッピーエンド」に恵まれない限りは。サラザールの分別がフランコのどんな移り気をも制して花咲き、この御両人が知恵寄せ合ってドイツ人たちを説き伏せ、ピレネーの北側に留まっている方がナチス軍《ヴェールマハト》には好都合だという気にさせてくれるものと僕は賭けている。そりゃあ時間稼ぎにすぎないことは百も承知だ——第三帝国がこの戦争の勝者となろうものなら欧州を、それこそ大西洋からウラル山脈に至るまでその支配下に置くだろうし、誰もそれを阻止できまい。当面について言えばイベリア半島一帯の中立は安泰と見える。

難民の多くがポルトガルに居ついている。ヴォルフ姓を持つ少なからぬ者たちが今やロボ《おおかみ》と名乗り、マンデルバウム某なる人物はアルメンドロス《アーモンド》と称して通用している。この手の例をいくら挙げつらおうと当地では別段何の騒ぎも引き起こさない、何しろそもそも「隠れユダヤ人《マラーノス》」たちが七本に枝分かれした燭台を絹地の肩掛け《タリート》にくるみ、地下室や屋根裏に追いやられた大櫃の底に隠しおいて異端審問に耐え抜いた歴史を持つ国なのだ……。人種法の類をポルトガルに定着させようと試みても無駄な努力に終わるだろうと僕は踏んでいる。あのスペインを上回り、純血なる想念に取りつかれキリスト教徒を「代々の《ビエホス》」「回宗したての《ヌエボス》」と分け隔てることに懸命な異端審問が延々何世紀も痕跡をうやむやにすることを繰り返し、遂にはアーリア性なるものを嗅ぎつけたい者たちはジブラルタル海峡を渡りタンジェやテトゥアンにまで足を伸ばさねば血統書つきのセム人の子孫を見つけ出すことなど叶わぬまでありったけ遠くへ追いやった。

あれこれ書き連ねるのは他でもない、ひとえに、亡命というか流刑《デスティエロ》というか、あるいはどう呼んでくれても構わないが、ともかく目下この国に、昔日の「船乗りたちと詩人たち」の国に逗留しているこの身の上を、僕が嘆き泣き濡れていたりはしないと君たちに伝えんがため、もっともその国は今、言うところの「新体制《エスタード・ノヴォ》」下に勝者まがいの退屈な演説をぶち上げてみせはしても相変わらず眺めやる先は大西洋、欧州には背を向けつつ果てしなくどこまでも終わりなき黄昏の日々を誇り高く生きている。僕のポルトガル語もまずまず使いものになり始めている。読み方はもう日刊紙専従読者の域を脱し、辞書に必要最低限頼るだけでエサ・ヂ・ケイロスの『シントラ街道の謎』、彼の作品のうちではまあ取るに足りない小説だが、ともかくも読破した。このまま『アマロ神父の犯罪』に挑戦するつもりだ。

ところでポルトガル料理こそは僕にとって最大の発見収穫だ。ライプツィヒやプラハの無雑作な鍋物をやたら懐しんでいた真の中欧人《エヒト・ミッテルオイロペーア》とか称する有象無象の連中を今になって思い起こすと哀れを誘うし幾分かは見下したくもなる、何しろ鱈《バカラオ》料理ひとつとっても千変万化の料理法が山とあり、てんで気取らないのに頬っぺが落ちそうな魚介のスープ《アソルダ》でもいい、食材は揃うし懐具合にだって釣り合うのに、わざわざ嘆いてみせていたのだから。それだったら合州国なる郷に入って出くわすものにお似合いさ。

金回りだの仕事だのの話はしたくない、話題にすべきところがあったとしても、どうせ退屈なことになる。僕の動静を君たちに取り沙汰してもらうわけにはゆかんのだ、この手紙に差出人名を付さずに失礼するからには。おそらくその方がお互いのためなのだろうし——君たちの様子を想像してみる（その図にお子さんも加えるべきだろうか？）、そう、アンヌがよく描写してくれたままの、マンハッタンからせいぜい一時間離れるだけで慎ましく流れるハドソン河の水辺、うっとりするような情景を、ところでマンハッタンと言えば、人の噂ではユダヤ人の溢れ返る島だとか。
　ではまた近々、としておこうか。

名もなきベルリン男《ラノニモ・ベルリネーゼ》より

一四

もし見立てが当たっていて、テオ・フェルダーがフランツ・ミューレの合州国入国を容易にしてやるべく名前から何から自分を特定できるものをすっかり彼に譲ったとするなら、大方の人にとってはありがたくない姓とみなされているものを、自ら求めずして祖母は引き当てたことになる……。わざわざフェルダー夫人となってみせることにより、ニュー・イングランドの由緒ある家系にしがみつく親類縁者の神経を逆撫でしては喜んでいたのだろうか？　祖母の意図がどうあれ、その娘マドレーヌ・フェルダーつまりいずれ我が母となる女性は、フェルダーなる姓とともにどうもそっくりひとつの宿命を受け継いだらしい——十八のとき、ウッドストックで、アルゼンチン生まれのアニバル・カーンという、我が父となる男と知り合うのだ。母は父を追ってキブツへと渡る、ろくすっぽ後先も考えず、だがキブツという名の蜃気楼は消え失せ、彼らが再び姿を現わすのはテル・アビブに「コリエンテス通り」という名のピザ屋を開くときだった。（そのせいで祖母は婿殿のことを指すに「コーシェルのピザ職人」と言っていたらしい。）イスラエルを出てゆく《エミグラル》のに長くはかからなかった——約束の地は二人の耳が聞き取った約束の履行を拒んだ、もっともその約束とは、二人だけが一方的に聞き取ったものにすぎなかった。

両親が別れたとき私は十歳。この記憶にある二人は、ひどく若くして冒険に乗り出したものの栄光をも成熟をも手にしないまま帰路についた者でなければ味わうこともない挫折の思いに浸り切るブエノス・アイレスの日々、ただ、挫折の思いに浸れるのも何不自由なく暮らす人々を親に持つからこそであった。いつも戯画すれすれの人生に傾く父は再婚し、再婚相手の精神分析医と頻繁に顔を合わせないよう気を配ってきた私は十八歳になるまで母と暮らしたが、彼女は報道畑だったか広告業だったか、確かそんな世界に出入りする生活にはまり、お蔭で美容院だ封切り映画の初日だとしょっちゅう外出を余儀なくされ、そんな生活が彼女の胸に期するところを満たすまでには至らなかったにせよ、少なくとも暇を持て余すことはなかった。

私が渡米するのは祖父母を知るにはあまりにも手遅れとなった頃、つまり二人が交通事故で他界してからのことで、当時はまだ見知らぬまま去った祖父母によもや興味を覚えるはずもなかった。娘が時折思い出したように寄越す手紙の情愛深さをさして信じられなかった祖母は、唯一の遺産相続人に私を指定し、ただし私が米国の大学で博士号を取ることを条件と課した。私が時たま両親に送るそこそこの額もこの資産から拠出されるのだが、それというのも二人は、持ち前の気性ゆえに癖となる不始末を免れたとしても、弊価切り下げにインフレその他アルゼンチンを繰り返し襲う厄災の餌食となること一度では済まなかったからである。

間もなく私は三十路を迎えねばならない。この人生ときたら、今さらわかり切ったことだが、自分の研究対象となっている人物たちの人生に比べ面白みに欠ける。政治活動にのめり込むことも性の奥義を追求することも、前の世代の若者たちを駆り立てたようには私を突き動かさなかった。時にこんな想いが湧き起こる、冒険に生きるという類の人生を面白がる心意気、それを私の代わりに祖父母と両親とが使い果たしてしまったのではないか、しかも祖父母は英雄気取りの歌に酔い、片や両親はほとんど醜悪と言ってよい茶番劇に興じ、お蔭で私はその手の冒険なら読書の上だけに留めておきたいと思ってきた。

リスボンの地へ赴いて私は初めて、これまで経験したことのない感情を味わった。コーヒー卓を前に腰を下ろしたまま時をやり過ごそうという気になり、座ったまま眺めやる、昼の光がゆるりそろり退場してゆくさまを、それは都会を舞台に役者が入れ替わりつつ繰り広げられる目くるめくレビューだが、こちらは何か読むでも書き留めるでもなくじっと見つめ続けるのみ。たった今も己れの息遣いが感じ取れる、これといってどこと名づけられるわけでもない地上の一点に自分がひたすらただ在ることをつくづくと感知する、これまでの自分には未知の、感覚がすべてという摑みどころのない心境にすっかり身を委ね、今このとき自分は生きている、その幸福そのものの意識の裡に我と我が身を投げ出してゆくのだった。

一五

一九四〇年十月十四日付『ニューヨーク・タイムズ』紙はその前日ニュージャージー州はホーボーケン四番街の桟橋にギリシア船籍の蒸気船ネア・ヘラス号が横づけたことを大々的に報じている。威信ある朝刊紙によれば、同号は欧州知識層の並み居るお歴々を選りすぐって救い出していた。米国人たちが有名どころを蝶よ花よと囃す、そのお追従にふさわしい者のうちにはたとえばゴーロ・マン、「かの名高い作家トーマス・マンの子息」の名が立派な記事となり、そのゴーロには「同じく作家の」伯父ハインリヒも同道云々……おやこれはひょっとすると警告だろうか、大陸を移りおおせたからといって呪いを免れたことになると思うなよ、との。

ありとあらゆる言及取り沙汰の及ばぬところ、我が祖父母アンヌ・ヘイデン＝ライスおよびテオ・フェルダーも無傷にしてやはり乗客名簿に名を連ねていた。今となってはしかし、この私も承知している（いや正しくは、そう考えている？　それともそう期待している？）、テオ・フェルダーなる人物は（果たしてどんな偽名の下にか？）ポルトガルに残留したこと、そしてテオ・フェルダー名義を利用した男はフランツ・ミューレだったということを。

本物のテオ・フェルダーは――いやここに「本物の」と書いたものの実のところ私にはよくわからない、己れの身許を（あまつさえ一九四〇年の欧州においては身許そのもの以上に価値のある、つまり自分名義の旅券をも含めて）他人に譲ってしまえる者、友愛《アモル》を身を以て示すべく、これから先残る一生自分の代わりに自分となってくれる友への義《アモル》を尽くすべく、我が母には何のいわれもなかったフェルダー姓を彼女に受け継がせてくれる友への衷心《アモル》ゆえにそうした挙に出ることのできる誰かに付された「本物の」という修飾語《エピテト》が一体何を意味するものか……。出直そう――テオ・フェルダー、何もかもが混濁した第二次世界大戦期のポルトガル、この私にとっては小説世界そのもののポルトガルにはてさてどんな名を名乗ってか身をくらましたテオ・フェルダーは、ベルリン陥落からやっと二週間経つか経たないかという一九四五年五月のその日、間違いなく居合わせたのだ、リスボンの映画館ポリテアマ劇場の桟敷席に、待ちに待たれたその日封切られたのはポルトガル検閲当局が上映を許可するにみごとなほど用心深い間の取り方をしてみせた「カサブランカ」、ほんの何日か前ならその映画は〝新国家体制《エスタード・ノヴォ》〟が周到な上にも周到に奉じてきた中立を引っくり返しかねない代物だった。私が目を通す『ディアリオ・ヂ・ノチシアス』紙によれば、リスボンの観客の大半は間違いなく枢軸側にひと泡吹かせてやろうと思っており、異国情緒の主ながら忘れられた歌姫コリナ・ムラに合わせこぞって「ラ・マルセイエーズ」に唱和したという。

（友人のアルゼンチン人に言わせれば、ブエノス・アイレスの映画館オペラ座でも観客は同じ反応を見せた――蛮勇の面ではリスボンを上回る、何しろ一九四三年五月六日つまりブエノス・アイレスでこの映画が封切られた当時、中立を標榜しつつ第三帝国に親近感を寄せるアルゼンチンでそんなことをすれば、地理的な距離を考えてポルトガルほど危険ではないものの、足許の政治闘争の次元ではずっと致死性が高かったからである。それからひと月足らずで軍事クーデタが凱歌を上げた事実はこの懸念を裏打ちしている。）

テオ以外の一体誰が、祖父母に上映の栞《プログラム》を送りつけようなどと思うだろうか？　その冊子には何の添え書きも見当たらなかった……。届いたときからカード一枚、寸評の一行すら伴っていなかったのだろうか？　一切口を噤んだ素通りぶりこそその存在をなおさら雄弁に仕立ててはいまいか、言わせてもらえば同時に、テオ・フェルダーと呼ばれた男が必死に生きのびる姿そして彼の思い出もが如実に浮かび上がり、さらにこう言えなくもないだろう、「カサブランカ」の三角関係をなぞるかのごとき三朋友の物語への当てこすりになっているのではないか？　レオ・ベック研究所に保管されている箱また箱のひとつから転がり出てきた冊子、未完のローザ・ヴァレッティ伝草稿の束とエストリル－リスボン間の列車時刻表とに挟まれていたポリテアマ劇場上映の栞、それは思いのたけを背負い込み、二人の別離から数えて五年、たった二通だけの手紙が彼の不在に引かれるはしから消えゆく航跡を記して三年ののち舞い込んだ、本来あるべき頁ではないところに印字されてしまった迷子の補註のようにこの目には映った。

一六

祖父の覚え書に登場するドイツ語書籍専門店は今もなお存続している。経営が人手に渡ってしまったのか、それとも今日び客の相手をしてくれる若い面々は元の持ち主の孫たちなのか、そのあたりはこちらには不明だが、どちらにしても私の投げるあれこれの質問を受け止める彼らからは、含みありげな、いっそ不信とも呼びたくなる風情ばかりが漂っていた。お生憎、そう生憎にも、ポルトガルの作家たちが残した回想録の類で大戦期を扱っているものなど彼らは見聞きしたことがなく、それでは、とデーブリーンの『運命の旅路』やハインリヒ・マンの『一時代を閲する』を例に挙げてみても、著者はともかく書名には全く聞き覚えがないとのこと、なるほどわからないでもないが、同時にそうした書名を口にするこの私が彼らに胡散臭い人間と化していることに気づく。やりとりを長びかせても詮ないと見えた以上は書棚をわざわざ奥まで検分することなく辞したが、どのみち店の書棚には今週のベストセラーばかりが大きな顔をしている風だった。

表通りに出たところで、私に続いて書店を後にした女性が追いついてきた。中央のテーブルに並べられた新刊書をパラパラめくって見ている女性の姿が目の端に入っていた。彼女の話す英語はポルトガルの地元民というより中欧出身者と思しき癖を備えていた。

――貴方とビデオ時代の申し子たちとの会話がついつい耳に入ってしまいまして……。一度シントラへ足を伸ばしてカンポスさんの古書店を訪ねてみられるのがお役に立ちそうですよ。ポルトガルに残った亡命者で彼が知己を得た人たちの蔵書は随分彼の店に引き取られることになったはずだと思います。

私がぼそぼそと謝辞を口にしかけるや、耳寄りな話を授けてくれた彼女はにこやかに、もはやエルクラノ通りの方へと姿を消しかけていた。

シントラとは！　バイロン卿の舞台ではないか……。手持ちの案内に載っているのは通りごとに違いかねないお天気具合の話、その森を一歩出たらよそではとても見つけられない変わり種の植物、モーロ人の城……。ロシオ駅に停車する列車が一時間もしないうちにこの身を彼の地へ送り届けてくれるだろう。

シントラで私を待っていたのは鉛色の、脅しつけるような空、今にも俄か雨を降らせそうな顔をしながら肚が決まらないでいる空だった。リスボンの柔らかな太陽からは遠く遠くすっかり遠ざかってしまったとの感慨を覚えた。遠目に映る森の緑は風任せの雲の歩みにつれ色合いを変えた。ユーカリの香りがあたりを律していた。ほとんど植生に覆われ尽くしているはずの高台のどこかに隠れた気ままな建築物が、ちらほら覗き見えたと思ったのは気のせいか。

＊
＊
＊

道を訊いた相手の富くじ売りが教えてくれた通りに進むと、愛嬌のかけらもない傾斜の急な坂道にかかり、民芸品を広げた出店と（「シントラ本場のケイジャダなら当店へ」と謳う）甘味処に挟まれ身を縮めたような書店を発見した。表のガラス越しに目をやりすぐさま私の気持ちはしぼんだ——パウロ・コエリョとイサベル・アジェンデが特等席を分け合い、その周囲に星占い本だのダイアナ妃写真集だのを侍らせていた。この調子では薄暗い店内がさらに手招きしてくる玉を隠し持っているようには見えなかった。面白くはないながらもともかく入ってみるにつけ、間口は狭く奥の深い店にどうも私はひとりきりらしい。表通りから奥に進めば進むほど本棚はその荷の整理も行き届き、とともに棚を覆う埃も厚みをいよいよ増した。もうほとんど暗がりに踏み込む寸前やっと私はほっと心を落ち着かせる名を読み取った——オーデン、イシャウッド共著『ある戦争への旅』である。

電球がひとつ、裸のまま頭上に灯り、暗がりから対極へ、急な光のせいで眩しさに何も見えない。

——好きなだけ御覧なされ。手助けが必要ならどうぞひと声かけて下さい。

声の主は、たっぷり奥の深い肘掛け椅子にどっしり腰を落ち着けた、いや落ち着けたというより椅子に埋もれ切ったかと見える一老人、ひょっとするとそこで眠り込んでいたとしてもおかしくはなかった。ひどく明るい色の両の瞳はきびきびと、隙を見せず、その顔つきに比べはるかに若々しく、染みをも皺をも圧倒していた。

——カンポスさん《オ・セニョル・カンポス》ですか？——私の発した問いは三語に過ぎず、基礎の基礎しか使えない我がポルトガル語の限界を露呈させずに済んだ——英語をお話しになりますか？

——否も応もありませんからな——相手は息を吐いた。

第二次世界大戦期ポルトガルに身を寄せた難民たちに関する証言集を探している旨、来意を述べた。調査の主題に自分の家系が関わっていることは触れずにおいた。

——もう誰も残っておりませんよ——反駁は性急さを帯びていた——二年前ならまだトーレシュ・ヴェドラシュに住んでいたんです、リスボン逗留中のハンナ・アーレントの許へ足繁く通っていた先生方が。彼らが最後の生き証人でしたな。もう誰も残っておりません よ。

同じ台詞が畳みかけられるとなると、さらに詮索するのは難しかった。甲板に上がり込むにも別の舷から試みるのが得策と思えた――それでは、どうしてまたその手の人たちの知己を得ることになられたんです？

――私はドイツ語を話すものでね、というのもドイツで勉強したことがありまして。後年、戦争中のことでしたが、リスボンで何人かの難民と知り合い、その人たちがまた別の難民たちに紹介してくれるという具合に、少しずつ、難民のいろんな流派と繋がりができたわけです。大方は、米国は言うに及ばずメキシコやアルゼンチンにだって行き着かなかった。皆さんポルトガルに居ついて、程なく愚痴るのも止めましたよ、ポルトガルが気に入ったんですな。何年か経って、うちの一人が亡くなった折、その蔵書を買い取りました――回想録、歴史書、文学、どれも故人の子供たちはさっぱり関心を持たないものばかり。この書店はそこから始まったんです。

早口にして動じるところのない話しぶりを聞くにつけ、私にはこんなふうに思われるのだった、自分の人生にやや単純な、かつ率直なところ一面的な要約を施しておいて、その語りをこれまでしばしば彼は繰り返してきたのではなかろうか。別の語り、おそらくこれほどすっきりとは済まない異説を、隠したりしてはいないだろうか？　どうです私を創作物語《フィクション》の登場人物に仕立てて御覧なさい、と持ちかけられているような気がした……。同時にまた、きっとどこかの時点で自分はこの人に祖父母の物語を打ち明けることになるのでは、そんな思いも湧き上がるのだった。これまで誰にも祖父母の話はしていなかったが、目の前の見知らぬ人物、旗色不明のこの人が自分に親近感を呼び起こしそうな気配に私は臆した。その危険を追い払うべく、急ぎ次の質問へと私は走った、一九四〇年から四五年の間にオテル・パラシオを訪ねられたことはありますか？

――もちろんですとも。ただ間違っても、事後あれこれと繰り出され紡ぎ出されたスパイ噺を一から十まで真に受けたりなんぞしちゃいけません。映画の脚本にしては出来損ない、といったところに尽きていますよ。そりゃスパイはいましたよ、しかし周知の顔ぶればかり。それに二重スパイも多かった。謎の立ちこめる世界ではなかった、本当ですよ、せいぜいがあちこちの政府からおカネを頂戴していたというだけで、御当人たちは中立国になるたけ長居したかったにすぎないんです、配給に悩まされることなく食事ができ、爆撃に遭う危険のない国にね。

彼の弁に耳を貸しているうち改めて、彼を軸とした謀略譚を織り上げてみたいという衝動に流された。彼こそ引退したスパイであり、だからこそスパイ稼業の重要さをどこまでも小さく見せようとしきりに言い募るのではないか？ 彼の差配する書店は、過去形を背負うスパイたち、今もなお往年の、知る人ぞ知る忠誠はたまた裏切りの仁義によって結びつくスパイたち、彼らの接触する拠点ではないのか？

——どうも腑に落ちないところがあるんですがねえ。おたくのような若いお人がどうしてまた骨董品まがいの話に興味を持たれるんだか……？ 一九四〇年のリスボン……。当時その地に生きている者たちにとっては何らロマンを掻き立てるでも、さっぱり小説を思わせる世界でもなかったのに……。

いやそんなことはない、この私が老人にそう噛んでふくめる気になってもよかったはずだ、ロマンに乏しいどころか大いにロマンを掻き立て小説を胚胎する世界だったと、しかも「当時その地に」生きなかったこと、はるか後年に生を享けることが必要だったとすら言えるのかもしれず、芯の芯からとことん変わってしまった世界から振り返ってこそしかと認知できるのだということを、リスボンという名、一九四〇年という年、単なるひとつの地名とひとつの年代に過ぎないものが、どれほどロマンと大河小説の風雲とを、たとえばこの私のような人間の想像力に喚起し得るのかということを。だがしかし、ただ、次の問いを射掛けるのみに留めおいた、フランツ・ミューレそしてテオ・フェルダー、この二人のことを御存知か、もしくは何か二人にまつわる話を耳にされたことはありませんか？

老人はひとしきり置いてやっと口を開いた。彼の視線はこちらが内に入り込むのは許さないのに、こちらの視線の意図するところを探っていた。

——知りませんな。どういうお人たちで？

私はかいつまんで話して聞かせた、スペイン内戦の国際旅団に義勇兵として馳せ参じた二人のドイツ人のこと、次から次へと脱出また脱出を繰り返したその出奔の足跡、そしてひとりは、つまり二人のうち一人だけが、遺産持ちの裕福な女性と結婚し合州国へ発つに至った顚末を。

——で、なぜその二人に関心が？

そのとき、私はほとんどこのまま彼を信じて突き進みかねない瀬戸際に立っていた、だが距離をおくべきとの自覚をすんでのところで取り戻した。ならば、と決して嘘にならない理由を口にした、ニューヨークの某図書館で見つけた文書に二人のことが触れられていたんです。

——滅法疲れましたな——再びの沈黙ののち吐息がもれた。老人の声は火が消えたかのようだった——日に店を開けるのは二時間、それ以上は遠慮する習いにしていましてな、自分はまだ引退しとらんぞという気にさせるのに必要なだけ。たまに友人がひとり顔を見に立ち寄ってくれますが、会話に興じる習慣はすっかり失くしました。

笑みを浮かべたもののそれは誰が気にするともわからぬ歯並びの醜態を晒すまいとしているのか、両の唇を上下に剝がさぬよう気をつけながら、言葉を継いだ――

――老いぼれてしまって。

三度目にしてこれが最後だが、またもや私の胸をよぎった、この人は嘘をついているのではないか、寄る年波もいかにも見せかけ、この男ならそう装ってみせるのもお手のものではないかとの念が。しかしお引き取りをとそれとなく命ぜられてなおも服さずにいるのは困難だった。店主の好意に私は礼を述べた。戸口へと歩を進め、陰鬱な現在をみごと集約するショーウィンドウが目に入りかけたとき、背後から彼の声が追いついた。

――一冊持ってお帰りなさい、どれでも一冊、来訪の記念に。

当の本人があるいは予期したかもしれない域をはるか越え、その言葉はいたく私の心を動かした。カンポス氏は私のなかに認めてくれたのである、書物なくしては生きられない旧い種族の生き残りを、高価な初版本を買い漁る欲の皮の張った愛書家ではなくひたすらただの朴念仁を、ただし紙の上に刻印された言葉が表と裏に表紙を得、その両扉の間に護られたとき、抱え切れないほどの世界とさらなる生命力にまで匹敵する、その価値を知る一個の朴念仁として。

どこへ向かってよいやら、無防備にもうろたえた私はあたりを見回した。この上まだ訪問を長びかせたくはないからだろう、店に入りぎわ目に留まった『ある戦争への旅』の許へと立ち戻った。この両手がその書を支え持つや否や電気が消え、暗闇の奥から声が、ほとんど笑いを堪えるかのような老書店主の声が私に届いた。

——その二人も戦争を追いかけたんでしたな。

＊　＊　＊

その後、リスボンへと私を連れ戻す列車に揺られながら、そして今朝も下宿屋のテラスに身を置くなり、我が脳裡には繰り返しカンポス氏の最後の台詞が響く。その台詞の示すところ、果たして自分の了解したと信ずる通りであるかどうか、それはわからない。もしもこちらの了解したところが込められているのだとしたら、私としては、恐れていた、辿り着きたくなかった結論を、受け容れざるを得なくなってしまうのだ。

見通しのはっきりしないこの状況は、私を落ち着かなくさせるどころか、文学的試みのとっかかりとなり始めてくれる。手がけてみる勇気が自分にあるだろうか？

急いでニューヨークへ戻る必要はない。帰りの切符はおととい期限切れになってしまった。近日中に航空会社の支店へ出向いて繰り延べが可能かどうか調べよう。とはいえそれは眠気も吹き飛ぶような一大事ではない。

今日の午後、再びサンタ・ルシアの見晴らしの丘で足を止めたままの私に、チェスに興じる老人たちのうちのひとりが何も言わず会釈を送ってくれた。

原註

「エミグレ・ホテル」執筆に当たってはルクレシア・ヂ・オリベイラ＝セザル、アントニオ・ロドリゲスおよびカールステン・ヴィッテの各氏から極めて貴重な教示を受けた。二一七－二一八頁に転記した断章はジャン・ジロドゥ著『ポルトガル』（グラッセ社刊、一九五八年）からの引用である。

二〇〇〇年八月　パリにて　E・C

訳者後記

堀田善衞と梅宮辰夫、そしてイサク・バーベリはアルゼンチンにその接点を有した。堀田の芥川賞受賞作「広場の孤独」(一九五一)の時代は朝鮮戦争とレッドパージ、主人公の妻京子はしきりにアルゼンチンへ逃げたいと訴える。それから十年、第二東映のスター街道を歩み出した梅宮の主演第二作「第三次世界大戦 四十一時間の恐怖」(一九六〇)の顚末は、核戦争により東京、モスクワ、サンフランシスコが壊滅、地球の全人口二十八億のうち二十億が死滅するというすさまじいものだが、突如幕切れに映し出されるアルゼンチン国営ラジオ放送は救世主よろしく人類再建と第四次世界大戦絶対阻止を意気高く誓う。安保闘争挫折後の観客はそこに何を見たのか。何にせよ、東京から日本から逃げるなら、どうせなら地球上の最も遠いところへ逃げるがよい。

黒海は地中海を介して大西洋に注ぐ(本書九頁)ことからオデッサ住民にとりブエノス・アイレスやアルゼンチンなる地名はまずまず身近なものだった。イサク・バーベリ(一八九四-

一九四〇）の代表作『オデッサ物語』中の一篇「最初の恋」では弔いの場に呼ばれた長老が喪主を難じて、「そなたがわしの金を奪ってアルゼンチンはブエノスアイレスに飛」ぶことを危惧し、もう一篇の「穴蔵で」に登場する主人公の級友の父は在オデッサ・アルゼンチン領事の肩書を持っている（中村唯史訳、群像社）。スパイの汚名を着せられることなければ（あるいは脱出の機会さえあれば）バーベリはブエノス・アイレスに生涯を了えていておかしくない。

十九世紀初頭に独立――アルゼンチンなら空色と白の二色がこれを象徴する――を果たしたもののヒト不足に悩み、手っとり早く旧世界からこれを呼び込んで頭数を揃えたかった南米、とりわけその南部。その地を目指し、時には下船すべき港を間違え、旧世界からありとあらゆる出自・言語・宗教を携える者たちが寄り集った。その一方、先住民は次々「異邦人《ジェンタイル》」とされてゆく。ラテンアメリカ（「南米」はあくまで現コロンビア共和国以南を指す）は大航海時代から既にして有象無象が丸ごとなだれ込む先＝植民地ではあったのだが、その「独立の世紀」と旧世界におけるアンシャン・レジームの崩落（フランス革命とその余波、ツァーリ権力の没落、オスマン朝の弱体化）とが重なった結果、ここへ来て近代世界の、良く言えば縮図、悪く言えば吹き溜まりが西半球《アメリカ》に成立する。以来、地球上のどこを打とうと西半球のこの地に響かぬ事象はあり得ない。

シオニズムが人工国家イスラエルを生み落とすより半世紀も早く、ミュンヘン生まれのモーリス・フォン・ヒルシュ（一八三一―九六）はユダヤ人植民者を組織しアルゼンチンへと送り込んでいる。一八九一年ロンドンに発足するユダヤ植民協会（JCA）のお膳立てする入植地五ヵ所がエントレ・リオス州に続々産声を上げていった。河の間《エントレ・リオス》はその名の通りウルグアイ河とパラナ河に挟まれ、首都のすぐ北に位置するも、首都と比べたら何もない、ここだけで日本の四分の一近い面積を持つひたすら広大な「空地」である。中核都市グアレグアイは首都から比較的近く、本書「不動産」の主人公に日帰りを決意させるが、それでも片道二百キロ以上の道のりになる。読者には頭の中の尺を「広場の孤独」どころか隣家までロシア風に言えば数ヴェルスタ（一ヴェルスタは約一〇六七メートル）あっても不思議ではない空間に合わせてもらう必要がある。首都を一歩出るとどんな風景が広がるか、フランシス・F・コッポラ監督「テトロ　過去を殺した男」（二〇〇九）はその落差を確かめるのに恰好の材と言える。

著者エドガルド・コサリンスキイについて

本書はEdgardo Cozarinsky, *La novia de Odessa* (Buenos Aires, Emecé, 2001) の全訳である。表題作では著者に限りなく似た人物がエントレ・リオス入植組の曾祖父母に想いを馳せる。軽率に「自伝的」なる修飾語を付す前に、日本ではほとんど知られていない著者の経歴を紹介しておこう。

ヒルシュ男爵夫人にあやかりビジャ・クララ（クララの村）と名づけられた入植地生まれの

その父は一九一九年、十八歳のとき上京し海軍に入隊、「二度と故郷へ戻らなかった」（『埋められた子供』*Niño enterrado*）。お蔭で著者本人は中流のポルテニョとして一九三九年に生を享ける。若くして文藝誌『南《スール》』の同人たちと交流、一時期ボルヘスの助手を務めた。早くから映画館にも入り浸り、本書献辞に名の見えるアルベルト・タビア（一九三九－九七）と映画誌『フラッシュバック』を創刊、映画・文藝評論の道に入る。レオポルド・トーレ＝ニルソン監督作「サン・アンヘルの裏切者たち」（一九六七）脚本に協力したのち、同監督から借りたキャメラで一九七〇年きわめて実験的な初監督作「・・・」（中断符）を撮った。上映の機会は翌年のカンヌ映画祭、ロンドン・フィルムフェスティバルおよびニューヨーク近代美術館（MOMA）に限られ、商業公開はされていない。

さらに二、三のアルゼンチン映画に俳優として出演したのち、七四年パリへ移り、八〇－九〇年代はもっぱらドキュメンタリー作家として知られるようになる。エルンスト・ユンガー、アンリ・ラングロワ、ディミトリ・ショスタコーヴィチらをめぐる作品を発表。七三年のクーデタ後チリからパリへ亡命したラウル・ルイスの「亡命者たちの対話」（一九七八）にも客演している。この時期の作品のうち「ジャン・コクトー　知られざる男の自画像」（*Jean Cocteau: Autoportrait d'un Inconnu*, 1983）のみ日本で入手可能である（ケイブルホーグDVD版）。

アルゼンチンが軍政から民政に復帰して間もなく、彼は七〇年代に書きためた二部構成のテクストから成る『都会のヴードゥ』（*Vudú urbano*, 1985）を編む。第一部はフィクションと銘打つ「感傷旅行」、第二部は英語で著した初稿《オリジナル》を自身の手でスペイン語訳した「旅先からの絵葉書集」、全体で百五十頁弱の控え目な同書は、スーザン・ソンタグとギジェルモ・カブレラ＝インファンテの序文を付してバルセロナの著名な出版社アナグラマから刊行された。これ以降著者は港市《ブエノスアイレス》とパリを往来し、次第に前者で過ごす時間が長くなる。

久々に母国（？）／祖国（？）で監督したのはボルヘスの短編を下敷きに、ドミニク・サンダを起用した「戦士と囚われ女たち」（*Guerreros y cautivas*, 1989）。パリを拠点としては著名人のドキュメンタリーを数多く手がけてきたが、アルゼンチンでの映画制作を再開してからは、カール・テオドァ・ドライヤーの「裁かるるジャンヌ」（一九二八）に主演し第二次世界大戦後ほどなく港市に没したルネ（別名マリア）・ファルコネッティなど、忘れられた映画人たちを「黄昏《サンセット》大通り」（*Boulevards du crépuscule*, 1992）に採り上げている。埋もれた人々、忘れられた物語を書き留める手法——「光を当てる」という言い回しは華々しすぎる——は本書と通底していよう。

転機は著者六十歳のとき。癌の診断を受け病床に日々を過ごすうち、残された時間を強く意識する。『都会のヴードゥ』から十六年ぶりに本書が誕生、以後は堰を切ったように、小説、エッセイ、時評、回想、小咄・噂話集成、映画評論、タンゴ論など多岐にわたる著作を幸い毎年のように送り出している。一九七四年に刊行されたまま入手の難しくなっていた編著『ボルヘスと映画』（*Borges y el cine*）も『ボルヘスと映画《シネマトグラフォ》』（*Borges y el cinematógrafo*）と改題増補の上、二〇〇二年に再刊された。二〇一六年の『埋められた子供』は『都会のヴードゥ』第二部と双子のような体裁を取る。ここに収められた「痕跡」は日刊紙クラリンの週刊文芸付録『Ñ《エニェ》』に発表された「我が父を求めて」の再録だが、二〇一四年初出時には一人称単数だった語り手が二年後の書では三人称単数「彼」に変貌している。ビジャ・クララへ取材・撮影に赴き極私的ドキュメンタリー「ある父への手紙」（*Carta a un padre*, 2013）を完成させた直後の「私」。ノスタルジーや感傷を何より嫌う著者には、日々移ろう媒体《エフィメラ》への登場なら許せても、書物の頁に「私」は許せなかったのだろう。

やはり本人は語りたがらないが、最近の研究によるとジャーナリストとして一九五八年『スール』誌第二六一号に発表した三頁ほどの記事がそのデビュー作に相当する。アルゼンチンに日々顕著な政治暴力にも映画評論と同じほど強い関心を寄せていたらしい。六八年六月——チェ・ゲバラは既に亡い——にはスール財団主催の討論会「現代世界における暴力の極致」に参加、人選も担う。本書でも随所に吐露される権力への懐疑・幻滅を、V・オリヴァは「ミシェル・フーコーを先取りする政治的感受性」の産物と位置づける（Valdir Olivo Júnior, “Criação e violência em Edgardo Cozarinsky”, *Manuscrítica: revista de crítica genética*, No. 39, 2019）。

二〇一八年六月には「コサリンスキイの選ぶ」新旧アルゼンチン映画講座をMOMAが企画、同年末にはコロンビア国立図書館主催ガブリエル・ガルシア＝マルケス記念イスパノアメリカ短編文学賞を『これが最後の一杯』(*En el último trago nos vamos*, 2017)により受賞。コロナ下のベルリン映画祭フォーラム部門に新作ドキュメンタリー「メディウム」(*Medium*, 2020)を出品するなど八十路を迎えたその創作意欲は衰えを知らない。

訳者と本書の出会いについては別稿に記した経緯があり、ここには繰り返さない。(万が一興味を持たれた向きは月刊『みすず』二〇一二年四月、八月、十二月、二〇一三年四月の各号を参照されたい。)二〇一一年二月、ブエノス・アイレスで直接言葉を交わした著者から、四月末の韓国・全州《チョンジュ》国際映画祭に審査員として出席する予定と聞き、よければ東京へも立ち寄ってくれるよう訳者は申し出たが、直後の大惨事により残念ながら来日は立ち消えとなった。

『オデッサの花嫁』について

原文の静かな流れを中断しかねない訳註を遠慮した代わりに、それぞれの作品について若干の補足をしておきたい。

「オデッサの花嫁」終盤に至り姿を現わす「語り手」は限りなく著者に似ているが、作家自身の家系では祖父母が一八九四年に来亜したと判明しており物語での来歴とはやや異なっている。

本物のリフカが愛読していたらしいエミリオ・サルガリとはイタリアの冒険小説家（一八六二−一九一一）。マライの虎シリーズ、アンティル諸島の海賊シリーズなどのほか、本人が足を踏み入れたこともないアジア・アフリカ・南北アメリカを舞台に長短二百作以上をものし、ジュール・ヴェルヌに比される。スペイン語圏、特にアルゼンチンではよく読まれ、「チェ・ゲバラの反帝国主義はサルガリによって培われた」（パコ・イグナシオ・タイボ二世）とすら囁かれる。没後百年の二〇一一年には生誕の地ヴェローナと終焉の地トリノにおいてそれぞれ顕彰行事が執り行われた。


「文学」は表題作ともども病床に執筆され回想の色が濃い。著者の映画作法たる「ドキュメンタリー・フィクションもしくはフィクションのドキュメンタリー」が文字の形を取った作品といえる。著者自身を含め、幾つもの印欧言語に通じ、それぞれの言語の産物をもこよなく慈しむ読み手たちの生きた時代に捧げられた、追悼の辞にして証言である。

ナターシャ・サフナ宛書簡の翻訳を依頼する相手の名がアレッホ・フロリン−クリステンセンであることに、ポルテニョならにやりとするかもしれない。ブエノスアイレス大学医学部卒——ということはチェ・ゲバラの後輩——の医師であるこの実在の人物（一九四五－二〇一六）はトーレ＝ニルソン、シルビナ・オカンポ、アドルフォ・ビオイ＝カサレス、ボルヘスらのかかりつけ医だった。映画・文学・演劇にも通じ、著者との交友は「コサリンスキイとその医者」として舞台化され二〇〇五年の上演時にはコサリンスキイ役をコサリンスキイ本人が演じた。現実に取って代わろうとする「悪しき文学」から更に一歩踏み出す仕掛けであろうか。

いずれ「五四年の降誕祭」に暗に明言されるペロニスモの帰結するところ以前にも、アルゼンチンの政治的暴力は容赦なく、たとえば反対派に強権をふるった十九世紀の領袖フアン・マヌエル・デ・ロサス（一七九三－一八七七、鮮紅色の徽章はロサス派であることを示す）の頃から着々と準備されていた。殺伐とした空疎な広がりに漂うどんよりとした恐怖。これと対極を成すはずのフリオ・イラススタとは、エントレ・リオス州出身、オクスフォードに学んだジャーナリスト・政治家（一八九九－一九八二）であり、著者としては「不実なアルビオン」の言い回しと対になって決まって召喚したくなる名であるらしい。ロサスもまた失脚後は「不実なアルビオン」に逃げるのだったが……。

書簡に登場するピョートル・クラスノフ将軍（一八六九－一九四七）のチロル生まれの孫ミゲル（一九四六－）は第二次大戦後間もなく母とともにチリへ移住、祖父および父の後を追って軍人の道を選び一九七三年のアジェンデ政権転覆クーデタに参画、ピノチェトの腹心として陸軍准将にまで昇進した。後年「人類に対する罪」に問われ、二〇二〇年現在獄中にある。ここにもエミグレの連鎖が脈打つ。

なお訳者はかねて日本語世界における「アメリカ」の無造作極まりない誤用誤解を深く憂慮しており、ワシントンＤＣを首都とする一国のことを「アメリカ」と表記する惰性に抵抗してきたが、「ロシア語からの翻訳」のゆえか本書簡にはamericanosなる（ラテンアメリカの書き手が通常まず使わない）語が何度か出現するため、やむなく「アメリカ人」とした。

「不動産」は「オデッサの花嫁」後日談と読めなくもない。アルゼンチンでは「ガリシア人」と半ば揶揄される存在にもかかわらず一族のよすがと言える地所を律儀に守り続ける風来坊の「弟」。その存在は、入植地を嫌って首都に暮らす「兄」が長らく封じ込めてきた母への愛憎を、淡々と、かつ上げ潮のような力強い情趣とともに浮き彫りにする。

物語の語り手は私↓アリエル↓私↓アリエル↓私、と入れ替わる。一人称と三人称の交代が異父弟の他者性を揺るがし、いつの間にか自己以上の自己を相手の裡に見出したのか、いたたまれず首都へと急ぐ兄。しかもその弟はマテ茶、革草履、田舎暮らし、とアルゼンチンのお株を奪う三拍子揃い、母からの口移しだろうか、ラ・プラタ式スペイン語を崩さない。ニセモノだらけの国アルゼンチン。だが時に、ホンモノになろうとするニセモノの意思はホンモノたちよりはるかに強い。

「一九三七年の日々」と「五四年の降誕祭」の二篇は、中欧を追われ港市に落魄の身を寄せるピアニストと文士がそれぞれ狂言回しを務め、ペロン天下（ほぼ一九四三―五五）前後の夜の世界――多感な年頃の著者が垣間見たであろう大人たちの世界――を搦め手から描く。名指しはされないがエビータの影は随所にちらつき、ペロン支持者たちの熱から距離を置きいずれパリへと発つ著者の心象風景がその裏に陰画として仕込まれる。ちなみにムッソリーニのイタリアに留学したペロンが政治の表舞台に立つ頃、米国はしばしばアルゼンチンに疑いの目を向けた（同国の正式な対枢軸宣戦布告は一九四五年三月までもつれこむ）。

タンゴのみならず音楽通の著者にとっては大西洋の彼岸此岸を問わず二十世紀前半に活躍した歌手たちの名を次々挙げるなどお手のものだが、ロシータ・キロガ（一八九六―一九八四）は日本にも多くのファンを得た。リベルタ・ラマルケ（一九〇八―二〇〇〇）の「歌いながら」は巷間知られているものとは異なる歌詞が登場しているようだが、女主人による替え歌かもしれず、お見逃し願いたい。

「五四年の降誕祭」に登場する文士像は一九三九年たまたま港市に寄港したまま第二次大戦勃発により帰欧を断念したポーランドの作家ヴィトルド・ゴンブローヴィッチに幾分かを負って

いる。ゴンブローヴィッチは六三年初頭までラ・プラタ両岸を転々とし、四二年には『スール』組とも会食しているので、若きコサリンスキイの耳に「文士の噂」が聞こえていたであろうことは想像に難くない。

五四年十二月(南半球ゆえ、もちろん夏)といえば、エビータ死して一年半、ペロンその人の失脚ほぼ半年前という絶妙なる時期である。ペロンとカトリック教会との関係は聖人認定権を独占する後者がエビータの「聖女化」を危惧し、またキリスト教民主党を介しペロン傘下に入らない労働組合を組織しようと試みたことからも、険悪そのものの局面にあった。店の名が出るフリスコ・バルは当時の港市にあって裕福な男性同性愛者が優雅に集う場として知られていたという。「文士」がいつ港市に吹き寄せられたのかは明記がないが、ゴンブローヴィッチに倣い三九年と想定するならウィーンに帰還する二十六年後とは一九六〇年代半ばすぎ。アルゼンチンでは六六年六月にオンガニア将軍による軍事クーデタが起こり、七〇年代の悪夢へと助走を始めていた。カルリトスの女装ならぬ軍装には何とも言えぬ前兆が匂い立つ。

文士が遅ればせの認知に浴す作品の名はスペイン語でcabecitas negras。ヘルマン・ロセンマチェル(一九三六-七一)によるほぼ同名の小説(一九六一)のもじりになるが、すぐれてアルゼンチン的なこの表現はペロンを支持する労働者大衆を指し、彼らは寡頭支配層から野蛮にして「文明」を脅かす不穏分子とみなされ続けてきた。

「湖上に暁を望む」と「ブダペスト」は一転、中欧に舞台を移し、あるいは容貌を変え他人になりすまして生きる男――その陰には権力に追い詰められ裏切りと内部崩壊を引き起こす武装闘争がある――、あるいはかつて将来を嘱望されながら贋作描きに身をやつす絵描きのそれぞれが迎える最期を描く。

パリの暗がりに港市を見出す著者の如く、ブダペストの街並みに何重もの重ね書きを幻視する主人公が最後に吸い込まれる店はバイロンゴ Bailongo。この語は「踊る」を意味するスペイン語の動詞 bailar から派生、人を踊りへと駆り立てるもの、即興にして気取らない踊りの会、下々の踊り、ミロンガの会などを意味する。往時はいかがわしさを匂わせる卑語の趣きも強かったが近年はその限りではない。

一一三頁に登場するモンテビデオ生まれの画家ペドロ・フィガリ（一八六一―一九三八）には、黒人たちの踊るさまを描いた「バイロンゴ」という作品がある。フィガリは弁護士・教育者として二十世紀初頭に死刑廃止を唱えた人でもある。ウルグアイにおける技術職業教育の提唱者として一九一七年教育制度改革を主張するも容れられず、画家に転身。パリに移りJ・ジョイス、ピカソ、P・ヴァレリー（ヴァレリーもまた第二次大戦下ブエノス・アイレスに「逃げる」ことを考え、ビクトリア・オカンポが身許引受人となってくれることを期待していた）らと親交を結ぶ。三四年帰国し公教育省顧問に就任。画家としてはウルグアイの黒人コミュニティを活写した油彩作品群や自作のユートピア小説『キリオ国物語』の挿画などを代表作に挙げられる。

やや奇妙な愛をめぐる小品三篇から成る「暗がりの愛」。まず「サン・シュルピス広場」では窓枠が重要な大道具となっていることを指摘しておきたい。もちろん撮影を意識するキャメラの、そしてスクリーンのフレームである。

「婚姻の軛」の夫が眠りのうちに息絶えたのは、ゴンブローヴィッチの死因に想を得たのかもしれない。ベルリンに一年滞在後、南仏ヴァンスに移った作家は六九年七月二十四日就寝中の心筋梗塞により死去。アルゼンチンへの「帰還」を望んでいたともいわれるが実現せず（Pablo Gasparini, *El exilio procaz: Gombrowicz por la Argentina*, Beatriz Viterbo Editora, 2007）、ポーランドへ戻ることも遂になかった。ゴンブローヴィッチに関しては一九八六年、二〇〇〇年にアルゼンチンでドキュメンタリーが制作されており、この二本は前出ＭＯＭＡでの新旧アルゼンチン映画講座に採り上げられた。

「二度目こそ」にはブエノス・アイレス市内外の細かい地名が幾つも登場するため、同市を訪れたことのない読者は方向感覚にややとまどうかもしれない。レティロとコンスティトゥシオンを上野駅と東京駅とでも置き換えればわかりやすいだろうか。両駅からはいずれも郊外行きの電車が発着する。また両駅を結ぶ地下鉄C線は最古ではないものの（ブエノス・アイレスには一九一三年、東京より十年以上早く最初の地下鉄A線が開通した）首都心臓部を横断する重要路線である。主人公のこの日の旅は千葉県市川あたりから都心を経由して横浜まで出向き、同じルートを電車と地下鉄、再び電車を乗り継いで帰宅したという感覚で受け取っていただければよいかと思う。「死者の日」は十一月初め、南半球は春である。

「エミグレ・ホテル」は本書の掉尾に置かれる中編。表題作と対位法のように呼応し共鳴の美しいアーチを形づくるこの作品に注釈をつけ始めたらきりがない。

まずもってHotel de emigrantes《出》移民ホテルというその名づけだが、実は南大西洋の港市には対照的なHotel de inmigrantes《入》移民ホテルの名を持つ施設が存在した。一九一一年、波止場の際も際に建てられた四階建ての宿泊所《ホテル》は五三年まで機能し、大西洋を渡り来て下船したばかりの移民たちが落ち着き先の決まるまでの間ベッドの並ぶ大部屋で過ごした。現在も半ばは移民局の文書資料庫兼オフィスとして使われている。残る部分は長らくうち棄てられていたが、独立二百周年を機に移民史即ち「アルゼンチン史」の見直しが進み、港に隣接する地区の再開発とも相まってギャラリーと移民史博物館とに生まれ変わった。

訳者はちょうどこの前後ブエノス・アイレスに逗留したため、表題作がイミグレ・ホテルを擁する世界の終わり《アルゼンチン》への入口なら、かつてはやはり地の果て《フィニステール》と呼ばれたポルトガルはリスボンを舞台とする重ね書きの物語にエミグラント・ホテルと名づけ対置させる、著者のこの美学あるいは戦術にいたく魅了された。

ハインリヒ・マンが地団駄踏んだドイツ語書籍専門店はおそらく一九四三年ベルリンから逃れてきたカール・ブッフホルツ（一九〇一－九二）がリスボンに開いたブッフホルツ書店をモデルとしている（もっともネア・ヘラス号出帆は開店より前だから、ハインリヒの逸話には齟齬があるが）。開店当初リベルダージ大通り五〇番地にあった同書店は六五年、本文の名指すパルメラ公爵通り四番地に移転した。創業者カールは第二次大戦後五年ほどして「共産主義の手を逃れる」ためコロンビアの首都ボゴタに渡り、同地でも息子ともども書籍・美術商として名をなした。ただし近年、戦後コロンビアに定着したドイツ系の学者、実業家らの前歴や「裏稼業」が掘り起こされ、カールの行状も疑問に付されている（「ブダペスト」に登場する画商に近い）。いずれにせよ、リスボンの名所でもあったブッフホルツ書店は二〇一七年半ば看板をドろした。

結局「私」が足を伸ばすことになるシントラの書店で見つける、オーデンとイシャウッドの『ある戦争への旅』（一九三九）。両名の名だけで、この重ね書きの物語には沈黙の厚みが倍加する。

オーデンがスペイン共和国派に肩入れしたからのみではない。一九三五年トーマス・マンの長女エリカが英国パスポート入手のためイシャウッドに結婚を持ちかけた。彼は首を縦に振らず、代わりに（ゲイ仲間の）オーデンを紹介しエリカは無事難を逃れる。夫妻は終生その法的関係を解消しなかった。一方オーデンは翌三六年エリカの恋人である女優テレーズを作家ジョン・ハンプソンに引き合わせ、この二人もテレーズのドイツ脱出を可能にすべく結婚、一年後エリカとテレーズはニューヨークに落ち合う。言うまでもなく「エミグレ・ホテル」のアンヌ－フランツ－テオの三角関係の裏返しである。

リスボンに残ったフランツとテオには旅券のための結婚を受けてくれる相手が一人足りなかった。それは幸だったのか不幸だったのか。もしかすると「私」は実の祖父に会いに行きながら遂にそれと告げることなく立ち去ったのか。それとも立ち去りかねて、ゴンブローヴィッチとは違う意味でそのまま港市リスボンに長居するのだろうか。カンポス氏は目の前に現われた若者が自分の、あるいは自分の代わりに自分となってくれた朋友の孫とは、ついぞ気づかなかっただろうか。彼の姓カンポスは英語にすればフィールド。著者はここにも多言語の仕掛けを潜ませている。

米国に渡ったイシャウッドは戦後ほどなくパートナーの写真家を伴い、チェ・ゲバラのモーターサイクル旅行に先立つこと三年、逆向きにコロンビアから南米縦断の旅に出た。ほぼ半年がかりで一九四八年二月ブエノス・アイレスに到着、ビクトリア・オカンポのマル・デル・プラタの別荘に厄介になり、ボルヘスにも会っている。旅日記は――ブルース・チャトウィンの旅行記より三十年も早く――『コンドルと雌牛たち』と題し出版された（一九四九）。

運命の女神には前髪しかない。身寄りもないのに通り何本かを数えるにすぎない小さな社会の規範に縛られる自己と訣別し、女神の前髪をしかと摑んで「世界の涯《はて》」へ飛び出してゆく名もなき娘。往年の名画「カサブランカ」と同時期、対岸のリスボンで欧州脱出の機を窺う避難民たち。生きるために他人となることも厭わぬ、そうした人生の許された時代を、本書は私たちに教えてくれる。

人類は道を誤った、人類は明らかに道を誤ったのだが、いったいどこで道を誤ったのか、アイデンティティという名の「不動の牢獄」に繋がれた私たちは、せめて本書に問いかけようではないか。ニセモノたちに支えられ、ニセモノたちを糾合してホンモノとなろうと試みた、世界の果ての一国家の姿を遠望しつつ。

本書仏訳版に寄せた序文で著者の友人アルベルト・マンゲルは、著者をヨーゼフ・ロートやジュリアン・グリーンに比している。もちろん『スール』組、ボルヘスやビオイ゠カサレスらの薫陶も大きいだろう。しかし本書に限って言えば、コサリンスキイの作品世界はツヴァイクの憂愁とこそ軌を一にする。本書『オデッサの花嫁』は『人類の星の時間』のあとに――同じ眼差しを名もなき者たちに向けて――書かれたかもしれない一群の物語なのだ。

＊

思い立ってからほぼ十年、本書刊行に至るまで実に多くの人の好意に支えられた。インスクリプトの丸山哲郎氏には書物のうちでもとりわけ翻訳文学にとって厳しい時代に、寛大この上ない処遇を賜った。謝意を捧げるべきお名前の筆頭に挙げる所以である。訳者と著者の間の交信を必要に応じ快く仲立ちして下すった中川美佐子氏、編集を全面的に引き受け、推敲・資料調達にまたがる助言を惜しまれなかった尾方邦雄氏、御両名に心から御礼申し上げたい。

訳業は停滞気味、「クレイヴンA」の意味合いを摑みかね立ち往生していたある日の訳者は、何年ぶりか（かつ何回目か）で王家衛の「欲望の翼」に再見せんとW館へ出かけた。中盤、ヨディと養母の会話を盗み見しようとミミが構えるタバコの箱、その箱が大写しに!! いやスクリーンに大写しになったと目が錯覚したのでは、と問い直すほどの、それは発見だった。張曼玉扮するリーチェンも実は同じ銘柄を吸っている。それまで如何に何も視えていなかったか。心して探さなければ目の前にある存在すら目に入らないのである。その時代を如実に伝える銘柄だよと教えてくれたのが、いずれ「ブエノスアイレス」を撮る監督であったのもおよそ偶然とは思われなかった。

著者の経歴を探訪するについては「パリのアメリカ人」の系譜を追ったJason Weissの著作（二〇〇三）やアルゼンチン映画・イベロアメリカ映画関連の事典・文献各種が大いに役立った。ほかに「オデッサの花嫁」「ブダペスト」初出の機会を設けてくれた月刊『みすず』編集部、アルゼンチン事情ばかりか著者が父から受け継いだ短剣の謎解きにも力を貸してくれた老恩師ロベルト・H・オエスト先生、そしてブエノス・アイレスの我が友人たちにもこの場を借りて謝意を表したい。

パリかブエノス・アイレスか、ベルリンかボゴタか、プノンペンかリスボンか。あとは一刻も早く著者の許に本書を届けるばかりである。

二〇二〇年十一月　ピノ・ソラナス他界を悼みつつ

【著者】

Edgardo Cozarinsky（エドガルド・コサリンスキイ）
1939年ブエノス・アイレス生まれ．作家・映画監督・脚本家．1976年よりパリを拠点として映画製作に従事．*Vudú urbano*（『都会のヴードゥ』1985）で注目を浴び，『オデッサの花嫁』以降執筆に軸足を移す．小説，随想，詩，聴き書記録，脚本など縦横無尽かつ旺盛な創作を続ける．
小説に *El rufián moldavo*（『モルダビアのポン引き』2004），*Tres fronteras*（『三つの国境』2006），*Lejos de dónde*（『何処から遠く』2009 アルゼンチン文学アカデミー賞），*La tercera mañana*（『第三の朝』2010），*Blues*（『ブルース』2010），*Dark*（『ダーク』2016），*Dinero para fantasmas*（『幽霊たちへの餞別』2012），*En ausencia de guerra*（『戦争の居ぬ間に』2014），*Turno noche*（『ノク・ターン』2020）．
短編集に *En el último trago nos vamos*（『これが最後の一杯』2017 ガブリエル・ガルシア＝マルケス記念イスパノアメリカ短編文学賞）．
その他，*Palacios prebeyos*（『下々の宮殿』2006），*Milongas*（『ミロンガ』2007），*Museo del chisme*（『噂話博物館』2005），*Nuevo museo del chisme*（『新・噂話博物館』2013），*Tatuajes*（『刺青』2019），*Días nómades*（『ノマドの日々』2021）など多数．

【訳者】

飯島みどり（Iijima, Midori）
1960年東京生まれ．ラテンアメリカ近現代史．立教大学教員．訳書にサルマン・ラシュディ『ジャガーの微笑 —— ニカラグアの旅』（現代企画室），歴史的記憶の回復プロジェクト編『グアテマラ　虐殺の記憶 —— 真実と和解を求めて』（共訳，岩波書店），エドゥアルド・ガレアーノ『火の記憶』（全3巻，みすず書房），アリエル・ドルフマン『南に向かい、北を求めて —— チリ・クーデタを死にそこなった作家の物語』（岩波書店）ほか．

オデッサの花嫁

エドガルド・コサリンスキイ

訳　者　飯島みどり

2021年12月15日　初版第1刷発行

装　幀　間村俊一
カバー写真　港　千尋
編　集　尾方邦雄
発行者　丸山哲郎

発行所　株式会社インスクリプト
〒102-0074 東京都千代田区九段南2丁目2-8
tel: 050-3044-8255　fax: 042-657-8123
info@inscript.co.jp
http://www.inscript.co.jp

印刷・製本　中央精版印刷株式会社
ISBN978-4-900997-90-5
Printed in Japan

インスクリプトの書籍
［価格は税別］

ライティング・マシーン─ウィリアム・S・バロウズ
旦敬介 著

50年代バロウズを誰よりも厳密に読み込み、その出発点が南米体験にあったことを示して、バロウズの作家としての自立の過程を跡づける。〈南〉からバロウズを発見する鮮烈な評論。

四六判上製286頁｜2,700円｜ISBN978-4-900997-30-1

霊と女たち
杉浦勉 著

スペイン異端審問時代から20世紀米墨国境の民衆信仰まで、霊的な経験のなかで知を紡いだ女性たちの語りから、その霊性とセクシュアリティとポリティクスを切開する。

四六判上製288頁｜3,200円｜ISBN978-4-900997-24-0

シャティーラの四時間
ジャン・ジュネ 著／鵜飼哲、梅木達郎 訳

1982年西ベイルートの難民キャンプで起きた凄惨なパレスチナ人虐殺。事件告発のルポルタージュに、最晩年のジュネの激烈な情動が刻まれた比類ないテクスト。

四六判上製224頁｜2,000円｜ISBN978-4-900997-29-5